KB121481

로크미디어가
유혹하는
재미있는 세상

Taming Master
테이밍 마스터

테이밍 마스터 42

2019년 8월 9일 초판 1쇄 인쇄
2019년 8월 14일 초판 1쇄 발행

지은이 박태석
발행인 이종주

총괄 김정수
경영지원 배진경 임혜솔 송지유

기획 이기헌 왕소현 박경무 이승제
책임 편집 금선정

발행처 (주)로크미디어
출판등록 2003년 3월 24일
주소 서울시 마포구 성암로 330 DMC첨단산업센터 3층 318호, 319호
Tel (02)3273-5135 **편집** 070-7863-8586 **Fax** (02)3273-5134
홈페이지 rokmedia.com **E-mail** rokmedia@empas.com

값 8,000원

ISBN 979-11-354-3399-3 (42권)
ISBN 979-11-5960-986-2 04810 (세트)

42

Taming Master

|박태석 게임 판타지 장편소설|

테이밍마스터

로크미디어

CONTENTS

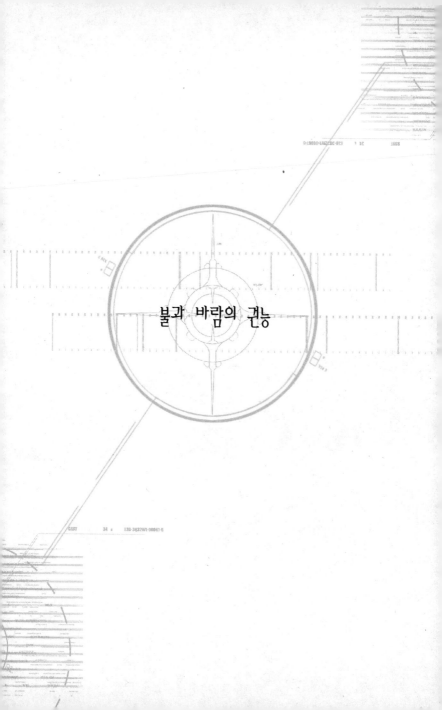

불과 바람의 권능

Taming
Master

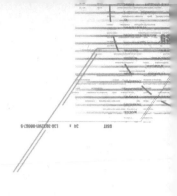

청랑은 기분이 무척이나 언짢았다.

한가로이 숲속에서 낮잠을 즐길 시간에 뜬금없이 나타난 침입자가 단잠을 방해했으니 말이었다.

정확히 어떤 존재인지는 알 수 없었지만, 확실한 건 이 근원의 숲에 들여서는 안 될 이질적인 기운을 가진 침입자.

그래서 청랑은 자신의 권능을 이용해 침입자를 곧바로 쫓아내 버리려고 했었다.

방금 전, 건방진 마법 공격을 받기 전까지만 해도 말이었다.

퍼엉-!

'뭐야, 초월자가 아니었어?'

침입자의 공격을 방호로 막아 낸 청랑은 그들에 대한 궁금증이 생길 수밖에 없었다.

그녀의 상식으로 이 근원의 숲에 도달하기 위해서는 중간자의 위격을 넘어 '초월자'의 위격을 가져야만 했으니 말이다.

하지만 방호 넘어에서 느껴진 기운은 분명 중간자의 위격을 가진 영혼들이었고, 그래서 그녀의 생각은 조금 달라졌다.

물론 자신의 숲에서 쫓아낼 생각이야 변함없었지만.

그 전에, 어떻게 이런 일이 가능했던 것인지 알아보고 싶었으니 말이다.

어차피 초월의 위격을 갖지도 못한 침입자라면, 자신에게 위협이 될 수도 없었으니, 청랑에게 이 선택은 그저 유희 같은 것이라 할 수 있었다.

위이잉-!

손짓 한 번으로 축지술縮地術을 펼친 청랑은 이안의 바로 앞까지 순식간에 다가갔다.

스르륵-.

그런데 다음 순간, 이안과 눈이 마주친 청랑은 어이없는 표정이 될 수밖에 없었다.

"이 건방지고 못생긴 인간은 또 뭐야?"

청랑의 미적 기준에 상당히 못 미치는 못생긴 인간과, 그 옆에 멍한 표정으로 서 있는 더 못생긴 거북이.

가까이서 확인한 둘의 비주얼은 완벽한 조화와 아름다움을 추구하는 그녀에게 제법 충격적인 것이었으니 말이다.

특히 요상한 거북이의 조화롭지 못한 머리 크기는 청랑으로서 참기 힘든(?) 것이었다.

'그냥 쫓아내 버릴까.'

궁금증이고 나발이고 이 조화롭지 못한 존재들을 자신의 아름다운 숲에서 당장이라도 쫓아내 버리고 싶어진 것.

"감히 내 숲에 허락도 없이 들어오다니……."

하지만 그 못생긴 인간의 입이 열린 순간, 청랑은 멈칫할 수밖에 없었다.

그의 입에서 생각지도 못했던 단어가 불쑥 튀어나왔으니 말이었다.

"여기…… 이리엘 님의 숲이 아니었나요?"

이안이 청랑을 공격한 것은 결과적으로 봤을 때 좋지 못한 선택이었다.

대상이 숲지기일 것이라는 생각을 하지 못한 상황에서, 무모한 공격을 감행한 셈이 되었으니 말이다.

하지만 그렇다고 해서, 같은 상황에 딱히 다른 방법이 있었던 것도 아니었다.

분명 청랑은 최초에 나타났을 때부터 이안을 공격하려 했고, 숲지기에게 발견된 이상, 딱히 도망칠 방법도 없었던 것이 사실이니 말이다.

다만 아쉬운 것은 이안이 선공을 함으로서 NPC와의 친밀도가 떨어지지는 않았을까 하는 정도.

오히려 이안이 이곳에서 잘못 선택한 것이 있다면, 사랑의 숲과 비슷하다 하여 너무 섣불리 움직인 것이라고 할 수 있었다.

분명히 근원의 숲이라는 다른 이름을 가진 곳이었음에도 말이다.

'후우, 뿍뿍이 말을 너무 믿었나.'

하지만 이제 와 후회해 봐야, 달라질 것도 없는 일.

이안은 최대한 침착하게 머리를 굴리기 시작하였다.

호랑이 굴에서도 정신만 바짝 차리면 살아나갈 수 있는 법.

어찌 된 일인지 정확히는 알 수 없었지만, 일단 숲지기는 더 이상 이안을 공격하지 않고 있었고, 그렇다면 뭔가 대화의 여지가 생긴 것이었으니까.

찰나간의 정적을 깨고 다시 입을 연 것은 숲지기 청랑이었다.

"이리엘……? 네가 이리엘을 어떻게 알지?"

그리고 청랑의 말을 들은 이안은 곧바로 확신할 수 있었다.

적어도 당장 이 숲에서 쫓겨나지 않을 방법 정도는 생긴 것이라고 말이다.

이안의 대답이 재빨리 이어졌다.

"이리엘 님은 제 오랜 친구예요."

"친……구?"

"네, 친구요."

그의 대답을 들은 청랑이 이번에는 뿍뿍이를 응시하며 다시 물었다.

"거북이, 설마 너도?"

그리고 그녀의 그 물음에, 뿍뿍이는 망설임 없이 고개를 끄덕이며 대답하였다.

"그렇뿍."

사랑의 숲에서 처음 만났던 이리엘의 첫인상은 좋지 않았지만, 그래도 그간 이안과 함께 다니며 제법 친해진 것도 맞았으니 말이다.

그리고 뿍뿍이의 대답까지 들은 이안이 타이밍을 놓치지 않고 다시 청랑을 향해 입을 열었다.

청랑이 다시 적대감을 드러내기 전에, 최대한 화제를 돌리기 위해서 말이다.

"예. 혹시 이리엘 님을 알고 계신가요?"

이안의 그 물음에 다시 입을 다무는 청랑.

하지만 대답이 없을 뿐, 사실 이것은 무언의 긍정이나 다름없었다.

이리엘을 알지 못한다면, 이러한 반응이 나올 리 없었으니 말이다.

이안은 긴장된 표정으로 청랑의 다음 말을 기다렸고, 곧 그녀의 입이 다시 천천히 열렸다.

"이리엘의 친구라……."

"……?"

"그녀가 이렇게 못생긴 친구들을 사귈 리 없는데."

빠직-!

"뿌뿍-!"

청랑의 말을 들은 뿍뿍이가 발끈했지만, 이안이 재빨리 제지하였다.

지금은 뿍뿍이의 분노보다, 청랑의 분노가 더 무서운 상황.

상처받은(?) 뿍뿍이를 달래 주는 것은 불과 바람의 권능을 얻은 뒤에도 늦지 않을 것이었다.

그리고 압도적인 청랑의 외모를 보고 있자면, 그녀의 발언에 대해 딱히 할 말이 없기도 하였다.

전설 속의 구미호가 있다면 이런 외모일까 싶을 정도로, 그녀는 아름다운 수인獸人의 모습이었으니 말이다.

"진위 여부는 이리엘 님께 직접 물어보셔도 되지 않습니까?"

"그야 그렇지. 흐으음……."

턱을 만지작거리며 이안을 잠시 응시하던 청랑이 다시 천천히 입을 열었다.

그녀의 표정은 확실히, 처음보다 훨씬 누그러진 상태였다.

"하지만 아무리 이리엘의 친구라 해도 함부로 나의 숲에 들일 순 없어."

"그……렇습니까?"

"하지만 얘기 정돈 들어 봐 줄 수 있지."

"……!"

청랑의 말을 들은 이안의 표정이 확연히 밝아졌다.

퀘스트에 대한 이야기를 꺼낼 수 있게 된 것만으로도, 가능성이 배 이상 올라간 것이었으니 말이다.

"어쩌다 내 숲에 오게 됐는지, 그것부터 한번 얘기해 봐."

"감사합니다……!"

청랑과 이안의 눈이 다시 마주쳤다.

이어서 이야기를 꺼내려는 이안을 향해, 청랑이 날카로운 목소리로 한 번 더 경고하였다.

"이야기를 잘해야 할 거야."

"……!"

"만약 그 이유가 마음에 들지 않는다면, 아무리 이리엘의 친구라 해도 용서하지 않을 테니까."

서슬 퍼런 청랑의 경고에 마른침을 집어삼키는 이안.

꿀꺽-.

잠시 뜸을 들인 이안이 천천히 말을 잇기 시작하였다.

청랑과 이리엘의 관계.

그것은 그리 복잡한 것은 아니었다.

이안과 뿍뿍이가 갔었던 사랑의 숲 또한 결국 청랑의 숲에서 떨어져 나온 '근원'의 숲 중 하나였고.

그곳의 숲지기인 이리엘은 청랑에게 '자매'와 같은 존재였으니 말이었다.

물론 영혼의 위격이야 청랑이 훨씬 더 높았지만, 그것은 별개의 문제.

여하튼 그러한 이유로 이안은 퀘스트 실패의 위기를 가까스로 넘길 수 있었다.

'역시 세상 살아가는 데, 인맥만큼 중요한 게 없군.'

오늘도 게임 인생에 한 가지 커다란 교훈을 얻은 이안!

모든 이야기를 마친 이안은 조금 더 욕심이 나기 시작했다.

불과 바람의 근원을 얻기 위한 이 퀘스트에서, 청랑의 도움을 받을 수 있을지도 모른다는 욕심 말이다.

'분명 트로웰은 이 근원의 숲이 정령계의 심장과도 같은

곳이라 했었어. 그렇다면 청랑 또한 모르쇠로 방관할 수는 없겠지.'

하지만 아쉽게도 청랑은 그렇게 녹록한 인물이 아니었다.

"그런 이유가 있었던 거군."

"그렇습니다, 청랑 님."

"트로웰…… 이 친구, 이제 막가네."

"예?"

"아무리 상황이 급하다 해도 그렇지. 이런 월권이라니."

"……?"

"어차피 소멸될 운명……이라는 건가?"

트로웰은 중간계에서 가장 영혼의 위격이 높은 정령왕이었지만, 그렇다 해서 신격을 가지고 있는 초월자는 아니었다.

그 때문에 중간자에 불과한 이안으로 하여금 성운을 밟을 수 있게 도와준 것은 신격체인 청랑의 입장에서 봤을 때 당연히 건방진 행위.

하여 청랑은 고민을 시작하였다.

순리를 따르자면 지금 당장 이안을 근원의 숲에서 쫓아내야 했지만, 정령계의 상황을 들으니 마음 한편이 찝찝해진 것이다.

사실 천성이 게으른 데다, 근원의 숲 안에서 세상과 단절된 삶을 살아가는 청랑에겐 정령계가 어찌 되든 알 바가 아니었다.

최악의 경우 정령계가 소멸한다 해도 다시 새로운 정령계가 창조될 것이고, 그러면 결국 순리는 제자리를 되찾을 테니까.

그저 그녀의 입장에서는 조금 '마음이 쓰이는 것' 정도라고 할 수 있었다.

"인간. 그러니까 결국…… 네가 이곳에 온 이유는 불과 바람의 근원을 얻기 위함이겠지?"

"근원이 정령왕의 권능과 같은 것이라면, 맞습니다."

이안의 대답을 들은 청랑은 복잡한 표정이 되어 다시 말을 이었다.

"마음대로 대리인을 이곳까지 보낸 트로웰이 괘씸하지만……. 이리엘의 얼굴을 봐서라도, 완전히 모른 척할 수는 없겠지."

"그럼, 도와주시는 겁니까……?"

청랑의 말에 이안은 반색하며 다시 되물었다.

하지만 그녀는 이안의 기대와 달리, 고개를 저으며 대답하였다.

"내 힘이 중간계에 개입되는 것은 차원의 순리를 거스르는 일."

"……."

"그대를 내가 도울 수는 없다. 대신 '기회'는 한 번 주도록 하지."

"기회라면……?"

"불과 바람의 근원. 그것들을 찾을 '시간'을 주도록 하겠다."

"……!"

"내가 허락해 준 시간 내에 원하는 것을 얻어 내지 못한다면…… 그것은 그대와 정령계의 운명이겠지."

청랑의 마지막 말을 들은 이안의 얼굴에 아쉬움과 안도의 감정이 동시에 떠올랐다.

청랑이라는 초월적인 힘을 지닌 NPC의 도움을 받지 못한 것은 아쉬웠지만, 적어도 퀘스트를 이어 갈 수 있는 최소한의 기회는 얻은 것이었으니 말이다.

그리고 이안이 그러한 생각을 떠올림과 동시에.

띠링-!

이안의 눈앞에 새로운 시스템 메시지가 떠오르기 시작하였다.

-조건이 충족되었습니다.

-새로운 퀘스트가 부여됩니다.

-'불과 바람의 근원을 찾아서(에픽)(연계)(히든)' 퀘스트를 수령하셨습니다.

-제한 시간 : 300분

-기존의 퀘스트, '근원의 숲 (에픽)(히든)(연계)'이 해당 퀘스트로 치환됩

니다.

　－퀘스트 난이도가 상향 조정되었습니다.

　－난이도 상향에 따라 퀘스트 보상이 상향됩니다.

　……후략…….

　시스템 메시지를 읽어 내려가던 이안의 두 눈이 살짝 확대되었다.

　퀘스트가 치환되어 새로운 퀘스트가 생성되는 방식은 무척이나 희귀한 것이었으니 말이다.

　'이게 좋아해야 할 일인지…….'

　하지만 그런 것과 별개로 이안은 새로 생성된 퀘스트 창을 꼼꼼히 읽어 내려가기 시작하였다.

　퀘스트의 목적이 같더라도 그 내용이 달라진다면 그 안에서 분명 새로운 단서를 찾아낼 수 있을 테니 말이었다.

　그리고 퀘스트 창을 읽어 내려가는 이안의 두 눈이 다시 반짝이기 시작하였다.

불과 바람의 근원을 찾아서(에픽)(연계)(히든)

'대지의 날개'와 '정령의 빛'의 도움을 받은 당신은 성공적으로 근원의 숲에 도달하였고, 불과 바람의 권능을 찾기 위해 숲을 수색하던 중, 숲지기인 '청랑'과 마주치고 말았다.
그리고 숲지기 청랑은 자신의 숲에 나타난 이방인을 달갑게 여기지 않았다.

......중략......

하지만 정령계의 상황을 딱히 여긴 청랑은 당신에게 한 번의 기회를 주기로 하였다.

숲에서 원하는 것을 찾을 때까지, 일정 시간 동안 눈감아 주기로 한 것이다.

만약 청랑이 허락한 시간 동안 모든 목적을 달성하지 못한다면, 근원의 숲에서 쫓겨나 정령계로 추방될 것이다.

반드시 시간 안에 불과 바람의 근원을 찾아, 그 권능을 손에 넣도록 하자.

*다음 조건이 충족되어, 퀘스트 세부 내용이 변경됩니다.

A. 숲지기 '청랑'과의 조우.

퀘스트에 제한 시간 조건이 추가됩니다.(제한 시간 : 300분)

B. 숲지기 '청랑'과의 친밀도 15 이상 달성.

퀘스트를 진행하는 동안, '불의 구슬', '바람의 구슬'이 주어집니다.

C. 진화 가능한 '상급' 이상의 사대 속성 정령 보유.

'불의 근원'을 획득할 시, '화염의 제왕(히든)(연계)' 퀘스트가 발동합니다.

퀘스트 난이도 : SSSS+

퀘스트 조건 : '근원의 숲(에픽)(히든)(연계)' 퀘스트를 진행 중이던 유저.

제한 시간 : 300분

*한 번이라도 사망할 시, 퀘스트에 실패하게 됩니다.

*한 번이라도 퀘스트에 실패할 시, 다시 수령할 수 없는 퀘스트입니다.

보상 : 명성(초월) 20만, '불의 대리인' 칭호 획득, '바람의 대리인' 칭호 획득, 불의 근원, 바람의 근원, 신족, '천상호리天常狐狸' 종족과의 친밀도+3

청랑과의 만남으로 인해 새로 발생된 퀘스트 창은 이전에 이안이 가지고 있던 퀘스트보다 훨씬 더 길고 복잡하였다.

하지만 이안은 그 복잡한 내용들을, 전부 꼼꼼히 읽을 수밖에 없었다.

퀘스트에 대한 설명도 설명이었지만, 퀘스트 창 하단부에 명시되어 있는 특별한 요소들이 그의 눈을 사로잡았으니 말이었다.

'불의 구슬, 바람의 구슬? 이것들은 뭐지? 게다가 화염의 제왕 연계 퀘스트라니……..'

우선 퀘스트의 세부 내용 변경으로 명시되어 있는 부분만 해도, 이안을 설레게 만들기 충분한 내용들을 담고 있었다.

A 항목이야 페널티에 가까운 요소였지만, B, C 항목은 대충 봐도 이득이 될 항목들이었으니 말이었다.

'청량과의 친밀도 15는 이리엘 덕에 생긴 것 같고……. 진화 가능한 상급 이상의 사대 속성 정령은 마그번을 의미하는 것 같은데…….'

사실 B 항목은 이안으로서도 짐작이 잘 되지 않았지만, C 항목의 경우는 거의 확실하게 유추가 가능하였다.

마그번을 정령왕으로 만들기 위한 퀘스트.

정황상 분명히 정령왕 콘텐츠와 연관된 퀘스트로 보이는 것이다.

게다가 변경된 보상 목록 또한, 심상치 않은 내용을 담고 있었다.

다른 칭호나 명성 등은 그렇다 쳐도 '신족'과의 친밀도가 상승한다는 항목은 완전히 처음 보는 것이었으니까.

'이거, 무조건 깨야 하는 퀘스트네. 만약 미끄러지기라도

하면…… 최소 한 달은 눈앞에 아른거리겠어.'

'천상호리'라는 신족은 분명 청랑의 종족을 의미하는 것 같았고, 비록 3에 불과하지만 이런 강력한 신족과의 친밀도를 올릴 수 있는 기회는 절대로 흔할 리 없는 것이었다.

꿀꺽-.

이안은 마른침을 한 차례 집어삼키며, 청랑을 다시 응시하였다.

이전에 침을 넘겼던 이유가 긴장 때문이었다면, 이번에는 탐욕(?)에 가까운 느낌이었다.

'어떻게든 내가 해내고 만다.'

다시 한번 의욕을 활활 불태운 이안이, 청랑을 향해 조심스레 입을 열었다.

퀘스트를 본격적으로 시작하기 전, 청랑에게 얻을 수 있는 정보는 최대한 얻어 가야 했으니까.

물론 청랑의 심기를 불편하게 만들지 않는 선에서 말이다.

"그런데 청랑 님."

"말하라."

"불의 구슬과 바람의 구슬이라는 것이 뭔지 알 수 있겠습니까?"

이안의 조심스런 목소리에, 청랑은 대답 대신 허공에 한 차례 손을 휘저었다.

휘릭-.

그러자 그녀의 앞에 두 개의 작은 빛줄기가 두둥실 떠올랐다.

그것은 마치 이안을 이 근원의 숲으로 인도했던, '정령의 빛'과 비슷한 느낌이었다.

"이 근원의 숲은 생각보다 훨씬 넓은 곳이다."

"그……렇습니까?"

"네놈이 아무리 재주를 부려도, 시간 내에 두 가지 '근원'을 전부 찾아내는 건 불가능에 가까운 일일 터."

"…….

"이 구슬들의 도움을 받도록 하라. 이것이 내가 해 줄 수 있는 유일한 지원일 것이다."

청랑의 말이 끝나기가 무섭게, 그녀의 앞을 맴돌던 황금빛 빛줄기가 이안의 시야로 쏟아져 들어왔다.

"허억……!"

그리고 그 빛은 각각 붉은 빛과 황금빛을 띤 작은 점이 되어, 시야의 구석으로 스며들었다.

정확히는 이안이 구석에 켜 놓은 미니 맵 안으로 빨려 들어간 것이다.

'어……?'

이안은 처음 보는 퀘스트의 전개에 당황했지만, 곧 이 두 개의 빛나는 점이 무엇을 의미하는지 알 수 있었다.

그것들은 아직 밝혀지지 않은 어두운 맵 안에서, 어떤 특정한 위치를 가리키고 있었으니 말이다.

'이 점의 위치에 각 속성의 근원이 숨겨져 있다는 말인가 본데…….'

기대했던 것보다 훨씬 더 파격적인 청랑의 도움에, 이안의 표정이 활짝 밝아졌다.

물론 청랑의 표정은 처음과 다를 바 없이 심드렁했지만 말이었다.

'좀 무섭긴 하지만…… 생각보다 따뜻한 친구였잖아?'

그리고 청랑이 생각보다 호의적으로 나오자, 이안의 입이 슬슬 터지기 시작하였다.

청랑에게서 얻을 수 있는 정보는 싹 긁어 모으기 위해, 본능적으로 설계를 시작한 것이다.

청랑이라는 NPC의 성향이 이제 슬슬 파악되기 시작한 것.

"이 구슬이 가리키는 곳에, 각각 불과 바람의 근원이 있는 것이겠죠?"

"그렇다."

"그럼 너무 쉬울 것 같은데…….."

"역시 건방진 인간이로군."

"예……?"

"속성의 근원이라는 것이, 길가의 돌멩이처럼 주워 담을 수 있는 것이라고 생각하는 건가?"

"그럼요?"

"근원의 힘과 각각 가장 어울리는 존재들."

"......!"

"그들의 인정을 받지 못한다면, 결코 속성의 근원을 얻어 갈 수 없을 것이다."

"아하, 그런 것이었군요!"

이안은 기묘한(?) 화법으로, 청랑과의 대화를 자연스레 이어 갔다.

그리고 그렇게 10분 정도가 지나자, 이안은 청랑으로부터 정말 많은 정보들을 얻을 수 있었다.

대략적으로 어떻게 진행해야 하는 퀘스트인지, 머릿속에 그림이 그려질 정도로 말이다.

'그러니까 각각의 속성에 가장 어울리는 숲의 신수가, 이 근원이라는 것을 가지고 있을 거라는 말이네.'

여전히 이안을 마뜩찮아 하면서도, 사실상 원하는 거의 모든 정보를 알려 준 청랑!

그녀가 정말 고마웠던 이안은 진심을 담아(?) 작별 인사를 하였다.

"감사합니다, 청랑 님......! 실망시켜 드리지 않겠습니다."

"글쎄. 실망이라...... 딱히 내가 실망하거나 할 상황은 아닌 것 같은데."

"하하, 그럼 다행이고요."

차가운 청랑의 말투에도, 싱글싱글 웃으며 능글맞게 대답하는 이안.

"그럼, 조만간 다시 뵙겠습니다!"

그런 그를 한 차례 응시한 청랑이 못마땅한 표정으로 대꾸하였다.

"다시 볼 일은, 결코 없을 것이다, 못생긴 인간."

그리고 그 이야기를 마지막으로, 청랑의 뒤편 공간에 푸른 빛이 일렁이기 시작하였다.

처음 청랑이 나타났을 때처럼, 공간이 뒤틀리며 균열이 생긴 것이다.

이어서 다음 순간.

파아앗-!

이안이 뭐라 대꾸하기도 전에, 청랑의 신형은 균열 안으로 빨려 들어갔다.

어떤 마법을 사용한 것인지는 알 수 없었지만, 정말 경이로운 수준의 공간 계열 마법이라 할 수 있었다.

"휴, 이런 걸 전화위복이라 하는 건가."

처음 청랑을 대하며 긴장했던 탓인지, 이안의 이마를 타고 흘러내리는 식은땀.

그것들을 한 차례 훔쳐 낸 이안은 씨익 웃으며 미니 맵을 관찰하기 시작하였다.

"청랑 덕에 제한 시간이 생긴 것을 감안하더라도…… 오히려 더 이득을 본 것일지도 모르겠어."

이어서 두 구슬의 좌표를 정확히 확인한 이안은 곧바로 할리를 소환하여 올라탔다.

아이언을 타고 움직이는 게 조금 더 빠르기야 하겠지만, 언제나 그렇듯 공중으로 이동하는 것은 많은 변수와 리스크를 대동하는 것이었으니 말이다.

물론 숲지기인 청랑보다 더 강력한 존재가 맵에 또 있을 것이라고는 생각지 않았지만, 그래도 조심할 필요는 충분히 있었다.

"할리, 바람의 수호자."

크르릉-!

할리의 고유 능력이 발동하자, 시원한 바람이 할리를 향해 사방에서 빨려 들어왔다.

그리고 그와 거의 동시에.

팟-!

지면을 박차고 뛰어오른 할리가, 어마어마한 속도로 숲속을 향해 내달리기 시작하였다.

불의 근원과 바람의 근원.

그리고 이 두 가지 근원이 있는 위치를 추적해 주는 불의 구슬과 바람의 구슬.

할리에 올라탄 이안이 먼저 타깃으로 삼은 것은 황금빛의 점으로 미니 맵에 표기된 바람의 근원이었고.

이안이 바람의 근원을 먼저 타게팅한 이유는 무척이나 단순하였다.

좌표상 바람의 근원이 있는 위치가 이안이 출발한 위치에서 훨씬 더 가까웠기 때문이었다.

'제한 시간이 5시간 정도니까…… 여기서 절대로 2시간 이상을 쓰면 안 돼.'

하지만 이안의 그 판단이 잘못되었음을 느끼는 데까지는, 그리 오랜 시간이 걸리지 않았다.

"어, 뭐야……?"

처음에는 분명 가까운 위치에 보이던 황금빛의 좌표가, 전력으로 달렸음에도 불구하고 쉽게 가까워지지 않았으니 말이었다.

"미친?"

마치 동에 번쩍 서에 번쩍 도깨비라도 되는 듯, 미니 맵 안에서 정신없이 움직이는 황금빛의 구슬.

그리고 이안은 좌표가 이렇게 빠르게 움직이는 이유를, 청랑에게 얻은 정보를 통해 유추해 볼 수 있었다.

'바람 속성에 가장 어울리는 숲의 신수가 바람의 근원을 가지고 있을 테고……. 바람 속성에 어울린다는 말은 역시

할리처럼 빠르다는 말이겠지.'

하지만 그 이유를 유추해 냈다고 해서 뭔가 뾰족한 수가 있는 것은 아니었고.

그 때문에 이안은 할 수 있는 모든 버프를 동원하여 할리의 이동속도를 가속시켰다.

어떻게든 일단 녀석을 만나야, 인정을 받든 말든 할 것이었으니 말이다.

그리고 그렇게 거의 30분에 가까운 시간 동안 미친 듯이 숲을 활보했을 즈음, 이안의 시야 멀찍한 곳에 드디어 금빛 광채가 포착되었고, 그는 본능적으로 그것이 '바람의 근원'임을 확신할 수 있었다.

"할리, 저기 저쪽!"

크르르릉-!

그리고 미니 맵상이 아닌 정확한 위치가 포착되자 '녀석'을 쫓는 것은 전보다 더 쉬워졌다.

악착같이 녀석을 쫓는 이안과 달리, 바람의 근원을 가진 신수는 이안의 존재조차 알지 못했으니 말이었다.

'조금만 더……! 조금만……!'

거리가 가까워질수록 점점 더 찬란하게 빛나는 황금빛의 광휘를 보며, 두 주먹을 불끈 쥐는 이안!

그런데 잠시 후, 정신없이 녀석을 쫓던 이안은 당황할 수밖에 없었다.

가까이 다가가 확인한 '황금빛 신수'의 모습이 어쩐지 낯익게 느껴졌기 때문이었다.

　기사 대전이 끝난 이후, 한동안 카일란의 팬들은 그 여운에 휩싸일 수밖에 없었다.

　전 세계 모든 카일란 유저들이 함께 즐긴 첫 번째 콘텐츠였으며, 동시에 전 세계 랭커들의 실력을 여과 없이 볼 수 있었던 최고의 볼거리였으니 말이었다.

　하지만 기사 대전의 여운이 강렬한 것과 별개로, 중간계에 진입한 중상위권 유저들 사이에서는 새로운 이슈가 빠르게 커뮤니티를 잠식하고 있었다.

　그것은 바로 기계 대전쟁.

　사실상 중간계가 열린 후 처음 발생한, 인간 진영과 마족 진영의 새로운 전쟁 콘텐츠였다.

　-정령계와 기계문명의 전쟁이라니……

　-기계 대전쟁이라는 이름만 봐도, 꿀 같은 공헌도 냄새가 진동하는데요?

　-이거 아무나 참전할 수 있는 건가요?

　-전쟁소집령 메시지 받은 유저만 참전 가능한 듯요.

-소집령이라면…….

-인간 진영이시면 아마 정령계 쪽에서 소집령이 갔을 거고, 마족 진영이시면 라카토리움에서 소집령이 갔겠죠.

-어, 전 마족인데. 그런 메시지 전혀 못 받았는데요?

-중간계 진입은 하신 상태인거죠?

-그거야 당연하죠.

-그럼 아마 기계문명 공헌도가 낮아서 퀘가 안 뜬 듯한데…….

-헉, 저 명계 위주로 콘텐츠 깨고 있었는데, 그럼 어떡하죠? ㅠㅠ

-지금이라도 빨리 라카토리움 쪽 메인 퀘 클리어하세요.

-이제 와서 가능할까요?

-네, 아마도요. 저는 인간 진영이라 정령계 쪽으로 플레이했는데……
퀘스트 수령 컷이 그렇게 높진 않았던 걸로 기억해요.

현재 중간계에 몸담고 있는 상위권의 유저들은 대부분 지상계 시절의 인간계와 마계 전쟁 에피소드를 경험한 유저들이었다.

그 때문에 전쟁 에피소드로 얻을 수 있는 보상이 얼마나 달콤한지 알고 있었고.

그렇기에 중간계에서 열린 이 전쟁 에피소드에, 적지 않은 관심을 가질 수밖에 없었다.

게다가 '기계 대전쟁'이라는 이름만 봐도 전쟁의 규모가 어마어마할 것이라는 짐작이 가능했으며, 통합 서버인 '중간계'

를 배경으로 하는 만큼, 스케일도 글로벌 스케일이었으니.

유저들의 기대는 더욱 증폭될 수밖에 없었다.

–그런데 님들, 무턱대고 무조건 참전하는 게 이득이 아닐 수도 있어요.

–음? 그건 왜죠?

–지난 전쟁 에피소드를 경험해 본 바론, 패전 진영의 경우 그렇게 큰 메리트가 없었거든요.

–아, 그래요?

–그렇게 막 손해 볼 정돈 아니었는데, 그 시간 동안 다른 콘텐츠 하는 게 이득인 수준?

–아하……?

–물론 승전 팀에 버스 잘 타면, 보상이 어마어마한 건 맞아요.

–그렇군요.

–그냥 참전 보상만 해도, 공헌도 같은 건 노가다 한 달 치 정도 그냥 들어올 테니까요.

–헉, 엄청나네요.

처음 전쟁과 관련된 글로벌 메시지가 뜬 뒤로 사흘 정도가 지나자, 커뮤니티는 온통 기계 대전쟁에 관련된 글들로 도배되기 시작하였다.

심지어 아직 구체적인 보상이나 전쟁 일정 등이 알려진 바

없음에도 불구하고, 중간계에 진입한 유저 대부분이 정령계와 라카토리움에 구름처럼 몰려들 정도.

－흐흐, 보상이고 나발이고, 얼마 만에 전쟁 콘텐츠인데…… 무조건 참여해야죠.

－맞습니다. 원래 떼 싸움이 재밌는 법 아니겠습니까?

－흐음, 에피소드 스토리상 정령계가 엄청 불리해 보이는데, 그래도 참전하는 게 나으려나요?

－전 그래서 빠지려고요. 괜히 불리한 전쟁 참전했다가 데스 페널티 받으면…… 너무 손해가 막심하잖아요.

－전쟁 콘텐츠 데스 페널티는 기존 데스 페널티 절반 수준이라고 들었어요.

－그렇긴 하지만…….

그리고 이렇게 몰려드는 유저들과는 별개로, 선두에서 관련 퀘스트를 하나둘 공략하며, 에피소드 자체를 조용히 이끌어 가는 일부 랭커들.

－'라카토리움의 모병소(에픽)(연계)' 퀘스트가 완료되었습니다.

－'정령 수호자의 부탁(에픽)(히든)' 퀘스트가 완료되었습니다.

－'마계 지원군 요청(에픽)(연계)' 퀘스트가 완료되었습니다.

－'마왕 레카르도의 출정 명령(에픽)(히든)' 퀘스트가 완료되었습니다.

－'달의 수호자 셀릭(에픽)(히든)(연계)' 퀘스트가 완료되었습니다.

……후략…….

그들의 퀘스트가 하나하나 클리어될 때마다, 점점 개전일은 가까워지고 있었다.

온통 황금빛으로 둘러싸인 풍성한 털 갈기.

그리고 그 위에 그려진, 백색의 줄무늬들.

황금빛의 신수를 발견한 이안은 순간 두 눈을 의심할 수밖에 없었다.

색상도 다르고 외형적인 차이도 분명 있기는 하지만.

이안의 눈앞에 등장한 이 '바람의 신수'라는 녀석은, 지금 이안이 타고 있는 할리와 너무도 닮은 모습을 하고 있었으니 말이었다.

'뭐지? 할리칸의 일족인가? 아니, 그렇다고 하기엔, 뭔가 좀 더 덩치도 있고 멋진 느낌인데…….'

하지만 이안은 아직, 녀석의 정체를 제대로 확인할 수가 없었다.

아직도 녀석은 미친 듯한 속도로 어디론가 달리고 있었으며, 이안을 태운 할리 또한 그를 쫓기 위해 계속해서 뛰고 있었으니 말이다.

'와 씨, 뭐 저렇게 빨라? 비행 몬스터가 아닌데, 할리보다 빠를 수가 있다고?'

녀석을 쫓는 이안은 연신 감탄할 수밖에 없었다.

직선으로 달리는 할리와 달리, 녀석은 왜인지 지그재그로 숲을 누비고 있었는데.

그럼에도 불구하고 거리가 빠르게 좁혀지지 않았으니까.

심지어 녀석은 이동 중에 신비로운 고유 능력을 사용하기도 했는데, 그것의 비주얼은 정말 압권이라 할 수 있었다.

스하아아-!

마치 바람 속에 스며들어 허공에 빨려 들어가기라도 하듯.

녀석은 순간적으로 속력을 가속하여, 잔영까지 남기며 움직이고 있었다.

'바람의 신수라더니, 진짜 바람을 타고 움직이기라도 하는 건가.'

그리고 녀석에게 조금 더 가까워지자, 이안은 재밌는 것을 하나 발견할 수 있었다.

그의 황금빛 털갈기 주변으로 맴돌고 있는 익숙한 이펙트.

그것은 지금 할리가 사용하고 있는 '바람의 수호자'의 이펙트와 완벽히 같은 것이었으니 말이었다.

'역시 할리랑 관련이 있는 녀석이었어.'

정신없이 뛰어다니는 녀석의 뒷모습을 보며, 이안은 두 눈을 반짝였다.

바람의 권능을 얻는 것도 중요하지만, 그와 별개로 충분히 근거 있는 합리적 기대감이 들기 시작한 것이다.

'할리와 같은 종족의 상위 개체가 존재했다니……! 잘하면 우리 할리도……!'

이안의 소환수 덱에서 유일하게 아직까지 영웅 등급인 할리.

할리를 진화시킬 수 있는 단서를 얻을지도 모른다는 생각에, 이안은 점점 더 두근두근하기 시작하였다.

생각지도 못한 존재를 만남으로 인해, 온갖 망상(?)이 머릿속에 가득 차기 시작한 것이다.

그런데 그렇게 이안이 기대감에 가득 부풀고 있던 바로 그때.

"크릉! 거기 너, 인간!"

"응……?"

"크르릉! 나 좀 도와줘! 크허어엉!"

이안은 이번엔, 두 귀를 의심할 수밖에 없었다.

"뭐야, 호랑이가 말을 하잖아?"

미친 듯이 숲을 뛰어다니던 녀석이, 순간 이안의 앞을 스쳐 지나가며 생각지도 못했던 얘기를 꺼냈기 때문이었다.

"크허어엉–!"

하여 달리는 녀석의 옆에 바짝 붙은 이안은 신기한 표정이 되어 다시 입을 열었다.

말까지 할 줄 아는 녀석이라면, 뭔가 대화로 퀘스트를 풀어 갈 수 있을 것 같았으니 말이다.

"뭘 도와달라는 건데? 아니, 그 전에 좀 멈추고 이야기하면 안 될까?"

하지만 말을 건 다음 순간, 이안은 묘한 표정이 될 수밖에 없었다.

"크허엉! 멈출 수가 없어!"

"……?"

"저 미친 벌들 좀 쫓아 줘!"

"엥?"

녀석과의 대화가, 이상한 전개로 흘러가기 시작했으니 말이다.

"크형! 저것들 때문에 지금 엉덩이가 다 부어 버렸다고!"

그리고 호랑이의 말에 뒤를 슬쩍 돌아본 이안은 조금 더 어이없는 표정이 되었다.

이제야 이 바람의 신수라는 녀석이 미친 듯이 숲을 뛰어다니고 있던 이유를, 깨달을 수 있었으니 말이었다.

'뭐야, 신수라는 녀석이…… 벌에 쫓기고 있던 거였어?'

미친 듯이 숲을 달리는 호랑이와, 그 뒤를 맹렬히 쫓고 있는 한 무리의 벌 떼들.

이안은 고개를 절레절레 저으며, 마법을 캐스팅하기 시작하였다.

일단 저 벌들을 퇴치해야, 뭔가 퀘스트가 진행될 것 같았으니 말이었다.

"마이티 프로즌Mighty Frozen⋯⋯!"

그리고 이안이 마법을 발동시킨 순간.

쩡-쩌저정-!

사방의 모든 것이 새하얗게 얼어붙기 시작하였다.

띠링-!

－조건이 충족되었습니다.

－바람의 신수 '하르가'와의 친밀도가 20만큼 증가합니다.

－바람의 신수 '하르가'를 최초로 발견하였습니다.

－명성(초월)이 5만 만큼 증가합니다!

⋯⋯후략⋯⋯.

이안의 눈앞에 떠오르는 일단의 시스템 메시지들.

그리고 메시지의 너머에 헥헥거리며 앉아 있는, '바람의 신수'라는 수식어가 무색한 요상한 호랑이 녀석.

녀석과 눈이 마주친 이안은 고개를 절레절레 저을 수밖에 없었다.

　우스꽝스런 첫인상과 다르게, 녀석의 스펙은 어마어마한 것이었으니 말이었다.

　–바람의 신수 '하르가(전설)'/Lv.170(초월)

　'초월 170레벨이라니. 게다가 전설 등급이라……'

　하지만 이러한 아이러니한 상황과 별개로, 이안은 기분이 무척이나 좋았다.

　생각했던 전개와 많이 다르긴 하지만, 퀘스트가 술술 풀려가는 기분이었으니 말이었다.

　'친밀도도 20이나 증가했고, 어쨌든 녀석에게 도움을 준 상황이니…… 생각보다 바람의 권능을 쉽게 얻을 수도 있겠어.'

　이안이 한 것은 고작(?) 벌을 쫓아낸 것에 불과했지만, 하르가는 그것을 무척이나 고마워하고 있었던 것이다.

　"크릉. 덕분에 살았어, 친구."

　"우리…… 친구 된 거야?"

　"크르릉! 당연하지! 저 못된 벌들을 퇴치해 줬으니, 이제부터 넌 내 친구야."

　"……."

　이안은 짐작하지 못하고 있었지만, 사실 초월 레벨이나 전투력과는 별개로, 하르가에게 벌을 쫓아내는 것은 불가능에 가까운 일이었다.

하르가의 커다란 앞발로는 시야에 잘 들어오지도 않는 작은 벌들을 공격하고 쫓아낼 수 없었으니 말이다.

이것은 전투 능력과는 완전히 별개의 문제였던 것.

어쨌든 좋은 게 좋은 것이었으니, 이안은 하르가와의 친밀도를 더 높이기 위해 말을 걸기 시작하였다.

"그런데, 하르가."

"크르릉?"

"벌들에겐 대체 왜 쫓기고 있었던 거야?"

"크릉! 아, 그게……."

"음……?"

녀석과의 대화는 갈수록 산으로 가는 경향이 있었지만 말이었다.

"내가 녀석들의 꿀을 훔쳐 먹었거든."

"뭐……?"

"다음에 너도 한번 맛볼래? 이 숲에 사는 황금벌들의 꿀은 정말 천상의 맛이거든."

"그, 그렇구나……."

"크르릉!"

그리고 대화가 어느 정도 무르익자, 이안은 슬슬 본론을 꺼내기 시작하였다.

하르가의 대사를 놓치지 않고 캐치한 것이다.

"크릉, 그런데 친구. 너는 어쩌다 이 근원의 숲에 오게 된 거야?"

"그러니까 나는…….."

녀석을 쫓는 데만 해도 제법 많은 시간을 소모하였으니, 이제는 바람의 근원에 대한 이야기를 꺼내야 했다.

'청랑의 말에 의하면 신수의 인정을 받아야 한다고 했는 데…… 설마, 꿀을 찾아서 따오라거나 하는 이상한 걸 시키는 건 아니겠지?'

사차원 호랑이 덕에 머릿속이 복잡해진 것인지, 고개를 절레절레 젓는 이안.

하지만 그러한 이안의 고민은 결론적으로 의미 없는 것이었다.

"그래? 그래서 날 쫓아왔던 거였구나!"

"으응, 그렇지."

"크르릉! 그런 거라면 빨리 말하지 그랬어."

"음……?"

띠링—!

—조건이 충족되었습니다.

—바람의 신수 '하르가'의 인정을 받았습니다.

'어어……?'

"덕분에 살았는데, 바람의 근원 정도야 당연히 내줄 수 있지."

"저, 정말?"

-'바람의 근원' 아이템을 획득하였습니다!

-'불과 바람의 근원을 찾아서(에픽)(연계)(히든)' 퀘스트의 첫 번째 조건이 충족되었습니다!

마치 가지고 있던 사탕을 나눠 주는 초등학생처럼.

하르가는 스스럼없이, 이안에게 바람의 근원을 내준 것이었다.

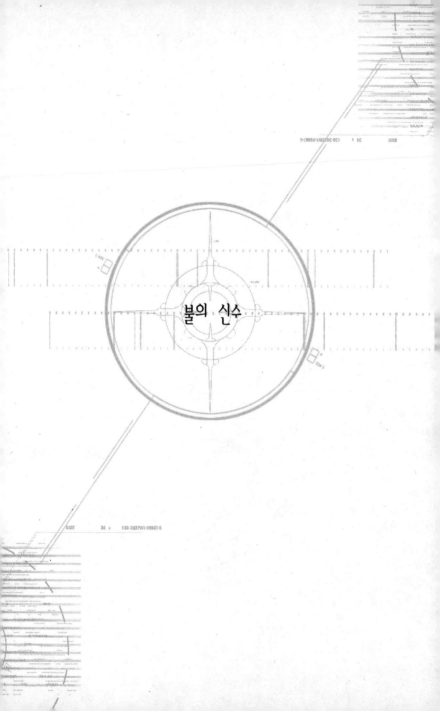

불의 신수

Taming Master

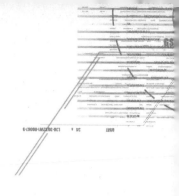

일이 너무 쉽게 풀리면, 오히려 의구심이 들 때가 있다.

그리고 지금 이안의 상황이 딱 그런 상황이라 할 수 있었다.

이제야 신수의 인정을 받기 위한 퀘스트가 시작될 것이라 여겼는데.

본론을 꺼내는 순간, 곧바로 퀘스트가 완료되어 버렸으니 말이었다.

'정말 이렇게 바람의 근원을 준다고?'

물론 미친 듯이 달리는 하르가를 쫓는 것 자체가, 결코 쉬운 난이도는 아니었다.

아무리 이안이라 하더라도, 할리의 고유 능력 '바람의 수호자'가 없었더라면, 훨씬 더 어려움을 겪었을 테니 말이다.

그러나 그런 부분을 감안한다 하더라도, 무척이나 수월하게 클리어된 것만큼은 부인할 수 없는 사실.

하지만 두 번, 세 번, 퀘스트 창을 확인해 봐도, 첫 번째 조건이 충족되었다는 사실만큼은 더 이상 의심할 여지가 없었다.

퀘스트 클리어 조건 란의 '바람의 근원'이라는 텍스트는, 확실히 초록빛으로 반짝이고 있었으니 말이다.

'이거 벌들한테 고마워해야 하는 건가…….'

이안은 뒷머리를 긁적이며, 인벤토리까지 확인해 보았다.

그리고 인벤토리의 최상단에는 '바람의 근원'이라는 이름을 가진 황금빛 구슬이 떡하니 반짝이고 있었다.

바람의 근원

등급 : 알 수 없음
분류 : 잡화
'바람' 속성의 근원이 담긴, 속성의 결정체입니다.
완전무결하며 가장 순수한 바람의 힘을 가진, 바람의 근원입니다.
*'바람의 권능'을 담고 있는 아이템입니다.
'바람' 속성 안에서 태어난 모든 존재들에게, '권능의 명령'을 내릴 수 있습니다.
*???(봉인)

아이템 창까지 확인한 이안은 고개를 끄덕이며 하르가에

게 감사의 인사를 건네었다.

더 이상 의심하는 건, 친구(?)인 하르가에게 실례되는 일이었으니 말이었다.

"고마워 하르가, 덕분에 한시름 덜었어."

"크릉! 이 정도쯤이야."

그리고 목적을 달성한 이안은 곧바로 '시간'부터 확인하였다.

바람의 근원을 쉽게 얻었다 해서 아직 퀘스트가 끝난 것은 아니었고.

만약 불의 근원을 찾는 것이 예상보다 훨씬 어렵다면 여기서 아낀 시간을 전부 다 까먹을 가능성도 충분했으니 말이다.

－남은 제한 시간 : 225분 52초

'거의 4시간이 통으로 남긴 했네.'

시간을 확인한 이안이 다음으로 한 것은 미니 맵상 불의 근원이 위치한 좌표.

이동 시간을 고려하여 실제 퀘스트 수행이 가능한 시간을 대략적으로 계산해 보려는 것이었다.

다행히 불의 근원은 하르가처럼 좌표 변동이 심하지 않았고, 때문에 이동 시간을 고려하는 것은 충분히 유의미한 계산이었다.

'무슨 기상천외한 요구 조건이 튀어나올지는 모르겠지만…… 일단 시간은 넉넉해 보이고…….'

이어서 마지막으로, 이안은 하르가를 향해 다시 입을 열었다.

불의 근원에 대해 혹시 아는 것이 있는지, 정보 수집을 위해서 말이다.

작은 정보 하나라도 제대로 활용한다면, 퀘스트 시간 단축에 적지 않은 도움이 될 것이었다.

"난 이제 불의 근원을 찾아야 해, 하르가."

"크르릉! 내 친구라면 그 정돈 어렵지 않을 거다. 크릉!"

"그래서 말인데……."

"크릉?"

"혹시 불의 신수에 대해 아는 것이 있어, 하르가?"

"크르릉……."

이안의 말을 들은 하르가는 고개를 갸웃하며 크르렁거렸다.

곧바로 대답이 나오지 않는 것을 보니, 별다른 정보를 알지 못하는 듯 하였다.

'흠, 신수끼리 어떤 연관성이 있진 않은 건가?'

하지만 이안은 실망하지 않고, 곧바로 다음 질문을 건네었다.

미리 두 번째 질문까지 생각해 뒀던 것이다.

신수에 대해 직접적인 정보를 줄 수 없다면.

알고 있는 좌표 정보를 이용해서 다른 방향으로 정보를 얻어 내려는 것.

"혹시 그럼 하르가." ·

"크르릉?"

물론 NPC나 다름없는 하르가에게 좌표를 직접적으로 이해시킬 수는 없었지만, 맵의 지형과 지명을 통해 설명할 방법은 충분히 있었다.

"저쪽에 흐르는 근원의 강을 따라서, 숲 남서쪽 끝까지 가본 적 있어?"

그리고 이러한 이안의 시도는 정확히 먹혀 들어갔다.

이안의 말이 떨어진 순간, 하르가의 자랑 아닌 자랑이 줄줄이 이어진 것이다.

"크릉! 당연히 가 본 적 있다."

"그래?"

"근원의 숲에서 이 하르가 님의 발이 닿지 못한 곳은 없으니까. 크릉!"

마치 무용담을 늘어놓듯, 자신의 경험담을 아낌없이 털어놓는 하르가!

"그래서 저쪽 능선을 넘어가면…… 크릉!"

"오호……?"

"그렇게 근원의 강 남쪽은, '끓어오르는 강'으로 이어져 있지."

"끓어오르는 강?"

"크르릉! 동남쪽 용암지대와 이어진 강이야."

NPC에게 리액션과 추임새를 넣어 주는 것은 또 이안의 전문 분야였기 때문에, 하르가는 더욱 신나서 이야기하기 시작하였다.

"엄청 뜨거운가 봐?"

"당연하지. 근처에만 가도 살갗이 전부 다 익어 버릴걸?"

"거길 대체 어떻게 넘은 거야?"

"크릉……! 강가에는 발도 대지 않았어, 나는."

"그럼?"

"불어오는 바람을 밟고, 한 번에 뛰어 넘어 버렸지."

"오오……!"

"아마 나 말고는 누구도 그런 식으로 넘을 수 없을 거야. 끓어오르는 강은 엄청 넓은 강이거든."

"역시, 넌 엄청난 친구야!"

단점이라면 과도한(?) 리액션 덕분에, 하르가의 영양가 없는 이야기들까지 강제로 듣게 되었다는 정도.

그 때문에 이안은 신나서 이야기하는 하르가의 말을 결국 끊을 수밖에 없었다.

"여튼, 그러니까…… 내가 말한 위치로 가면 '근원의 화산'

이라는 곳이 나온다는 말이지?"

"크르릉! 그렇지."

"그곳에는 네 친구, '차르토'가 살고 있고?"

"크르르릉! 맞아."

물론 하르가의 기분이 나쁘지 않도록, 마지막까지 추켜세워 주는 것도 잊지 않았다.

"고마워, 하르가. 덕분에 또 엄청난 정보를 얻었어."

"크릉, 크릉!"

"네 친구를 찾으면, 꼭 네 얘기를 전해 줄게."

"크르릉! 나랑 달리 성질 더러운 놈이니까, 조심하는 게 좋을 거야."

그리고, 그렇게 겨우(?) 하르가와의 대화를 마무리한 이안은 빠르게 '불의 근원'을 찾아 남하하기 시작하였다.

하르가와의 대화로 또 20~30분이나 날려 먹었으니, 서두를 수밖에 없는 것이다.

그러나 그와 동시에, 이안은 무척이나 흡족하였다.

'흐흐, 그래도 괜찮은 정보를 많이 얻었네.'

불의 신수로 가장 유력한, '차르토'라는 존재에 대해 알게 되었으니 말이다.

'차르토라는 녀석만 잘 구슬리면, 퀘스트를 엄청 쉽게 마무리 지을 수 있겠어.'

순식간에 불의 근원까지 손에 넣고, 깔끔하게 퀘스트를 클리어할 생각에 부푼 이안!

하지만 이 순간까지만 해도, 이안은 알 수 없는 한 가지 중요한 사실이 있었다.

불의 근원을 얻기 위한 첫 단추가, 어쩌면 잘못 끼워진 것일지도 모른다는 사실을 말이다.

근원의 숲은 무척이나 넓고 복잡했다.

하지만 하르가에게 얻은 정보들을 머릿속에 차곡차곡 담아 둔 이안은 그렇게 어렵지 않게 목적지까지 도달할 수 있었다.

띠링-!

-근원의 숲, '용암지대'에 도착하였습니다.

-숨 막히는 열기가 피어오르기 시작합니다.

-화염 속성의 저항력이 -20만큼 감소합니다.

-지금부터 매 초당, 0만큼의 화염 속성 피해를 입습니다.

'끓어오르는 강'을 지나 용암지대까지 도달하는 데, 이안이 소요한 시간은 고작 30여 분 정도.

이것은 처음 생각했던 것보다도 훨씬 빠른 진척이었던 것이다.

'저항력 감소라…… 뭐, 이 정도는 예상했던 수준이고.'

사실 여기까지 내려오는 데에, 아무런 난관이 없었던 것은 아니었다.

'끓어오르는 강'을 뛰어넘는 것은 하르가의 말처럼 쉽지 않은 일이었으니 말이었다.

할리의 도약력으로도 한 번에 넘을 수 없을 정도로, 엄청 광활한 넓이를 가지고 있었던 것.

게다가 남부 협곡부터는 아예 맵 자체에 '비행 금지' 옵션까지 걸려 있었으니, 충분히 난감한 상황이었던 것이다.

'용암셋이 없었더라면, 다시 하르가를 찾아가야 할 뻔했지.'

그 때문에 이안은 끓어오르는 강을 뛰어넘는 대신, 강을 따라 더 남쪽까지 이동하였다.

아예 끓어오르는 강이 '용암의 강'으로 바뀔 때까지 이동하여, 할리를 소환 해제한 뒤 용암을 밟고 강을 건너 버린 것이다.

용암의 장화가 아니었더라면, 상상조차 할 수 없었던 방법.

뭔가 아이러니한 상황이었지만, 게임이기에 가능한 공략법이라 할 수 있었다.

"자, 이제 차르토라는 녀석을…… 한번 찾아볼까?"

여하튼 원하는 위치까지 도착한 이안은 다시 미니 맵을 열어 붉은 점의 위치를 확인해 보았다.

하르가 때만큼은 아니지만 좌표는 조금씩 유동적으로 바뀌고 있었고, 때문에 지속적으로 미니 맵을 확인해야 했던 것이다.

띠링-!

-'근원의 화산'에 도달하였습니다.
-용암의 열기가 더욱 강해집니다.
-화염 속성의 저항력이 -15 만큼 추가로 감소합니다.
-지금부터 매 초당, 0만큼의 화염 속성 피해를 입습니다.

맵의 더 깊숙한 곳으로 이동하면서 열기는 더욱 강해졌지만, 이안의 얼굴에는 여유가 넘쳤다.

어지간한 화염 속성 공격 마법까지도 다 씹어 먹을 수 있는 저항력의 소유자인 이안에게, 이 정도 열기는 간지러운 수준이었으니 말이다.

'용암 세트 이거, 엄청 유용하게 잘 써먹네, 정말.'

그리고 그렇게 근원의 화산에 도착한 뒤, 15분 정도를 더 움직였을까?

이안은 곧, 미니 맵상에 표기된 '불의 근원'의 위치까지 도달할 수 있었다.

온통 시뻘건 열기와 불길로 도배된 맵을 지나, 용암이 펄펄 끓어오르는 화산의 '분화구'에까지 도착한 것이다.

'자, 지도상으론 이 근방이 분명한데……!'

이어서 분화구의 가장 높은 지대로 올라간 이안은 주변을 두리번거리며 '차르토'를 찾기 시작하였다.

미니 맵상에서 붉은 점이 표기되기는 하였지만 완전히 정확한 좌표까지 명시되는 것은 아니었으니 말이다.

맵 상에 붉은 점으로 표기된 범위 속에서, 차르토를 찾아내는 것은 이안의 몫인 것.

이안은 용암으로 인해 피어오르는 아지랑이를 뚫고, 붉은 털갈기의 호랑이를 열심히 찾기 시작하였다.

'아오, 눈알 빠지겠네. 대체 이 호랭이는 어디 있는 거야?'

몬스터 탐색 스킬까지 동원해 가며, 차르토의 위치를 찾는 이안.

그리고 잠시 후, 이안의 시야에, 드디어 원하던 실루엣을 가진 몬스터가 포착되었다.

'……!'

연붉은 빛깔의 털갈기에 핏빛 줄무늬가 그려진 거대한 호랑이.

'차르토'임이 분명한 존재가, 이안의 눈에 들어온 것이다.

"찾았다!"

이제 고지에 다왔다는 생각 때문인지, 저도 모르게 탄성을 내지르는 이안.

하지만 반가운 마음에 내달리려던 이안은, 순간 다시 멈칫할 수밖에 없었다.

녀석을 발견함과 동시에, 이안의 시야에 하나의 존재가 더 포착되었으니 말이다.

'저……놈은 또 뭐지?'

정확히 뭘 하는지는 알 수 없었지만, 차르토를 마주보며 대치 중인 또 하나의 실루엣.

마치 '유니콘'을 연상케 하는 외모의 미지의 존재를 발견한 이안은 긴장한 채로 천천히 그들을 향해 다가가기 시작하였다.

퍼펑!

화르륵-!

새까맣게 그을린 대지 곳곳에서, 낮은 폭발음과 함께 새빨간 용암이 솟구쳐 오른다.

그리고 그 타오르는 용암 사이로 이안은 천천히 움직이고 있었다.

'후우, 침착하자. 상황부터 정확히 파악해야 해.'

처음 이 '근원의 화산'에 도착했을 때만 해도, 이안은 싱글벙글했다.

하르가 덕분에 너무 쉽게 두 번째 목적지까지 도달하였고, 거기에 차르토라는 녀석은 하르가의 친구라고 했으니.

어떻게 잘 비벼 보면, 퀘스트 완료까지 뚝딱 가능할 것이라 기대했었던 것이다.

그 때문에 그런 이안에게 지금 새로이 등장한 미지의 존재는 퀘스트 순항을 막는 암초 같은 존재로 느껴질 수밖에 없었다.

멀리서 대충 봐도 차르토와 비견될 만큼 강력해 보이는 데다, 둘 사이의 분위기까지 심상치 않아 보였으니.

이안이 생각했던 구도와는 완전히 다른 방향으로 퀘스트가 흘러가고 있음이 분명한 것이다.

'사랑의 숲에서 봤던 유니콘이랑 엄청 비슷한 생김새인데…… 등에 갈기가 타오르는 불길처럼 생겼다는 것만 빼면 말이지.'

그래서 이안은 생각했던 계획을 전면 보류하였다.

원래는 차르토에게 다가가, 하르가를 팔며 친밀도를 올려 볼 생각이었는데.

일단 두 몬스터가 대치하는 상황부터 면밀히 파악해 보기로 한 것이다.

그리하여 최대한 기척을 죽이고, 둘의 지척까지 이동한 이안.

그런데 가까이 다가가 둘의 모습을 확인한 순간, 이안은 한 번 더 놀랄 수밖에 없었다.

'아니, 저건……?'

이안의 눈에 가장 먼저 들어온 것은 차르토도 아니고 유니콘도 아닌, 둘의 사이에 있는 반짝이는 물건이었던 것이다.

'뭐야, 저게 왜 저기 있어?'

당연히 하르토에게 있을 것이라 생각했던 불의 근원이, 두 몬스터의 사이에 떡하니 놓여 있던 것.

알고 보니 차르토와 유니콘이, 근원을 사이에 두고 대치하고 있었던 것이다.

"뿍, 저거 주인이 찾던 거 아니냐뿍."

낮은 목소리로 묻는 뿍뿍이를 향해, 이안이 기특하다는 표정으로 고개를 끄덕이며 답하였다.

"맞아. 저것만 있으면 돼."

아무 생각 없이 따라다니는 줄 알았던 뿍뿍이가 퀘스트 내용까지도 인지하고 있었다는 사실이, 이안으로선 무척이나 고무적이었던 것이다.

물론 그러한 감격은 1초 만에 파괴되었지만 말이었다.

"그럼 저걸 내가 가져오겠뿍."

"응?"

"몰래 가서 들고 오면 되는 것 아니냐뿍."

"네가? 몰래?"

"저거 가져오면 미트볼이랑 바꿔 줄 거 아니냐뿍."

"하……."

뿍뿍이의 머릿속에 있었던 것은 단지 미트볼과 바꿔 먹을 만한 '교환물'이었던 것.

역시나 뿍뿍이에겐 별다른 생각이 없었음을 다시 확실하게 확인한 이안은 한숨을 푹 쉬며 고개를 절레절레 저었다.

"네가 뿍뿍거리면서 저기 가면 쟤들이 모를 것 같아?"

"모를 수도 있뿍."

"대체 어디서 나온 자신감이야?"

"쟤들 지금 싸우느라 정신 없잖뿍."

"음……? 싸운다고?"

"자세히 봐라뿍. 미트볼도 아닌 저런 쓸모없는 구슬 가지고…… 대체 왜 싸우는지 모르겠뿍."

뿍뿍이와 대화를 나누던 이안은 눈에 이채를 띤 채 다시 차르토와 유니콘을 향해 시선을 돌렸다.

불의 근원을 사이에 두고 뭔가를 하고 있다는 정도만 인지했지, 둘이 싸우는 중인 줄은 몰랐던 것이다.

'뭐 하는지나 구체적으로 좀 들어 볼까?'

이어서 뿍뿍이를 들쳐 멘 이안은 조금 더 두 몬스터와의 거리를 좁히기 시작하였다.

둘의 떠드는 소리를 듣기 위해서는 좀 더 가깝게 이동할 필요가 있었으니 말이었다.

그리고 일정 거리 안쪽으로 들어가자, 이안의 귓전에 두 몬스터의 목소리가 또렷이 들리기 시작하였다.

"크릉, 허약한 조랑말 따위가 불의 근원을 탐내다니. 간이 배 밖으로 나왔군!"

"푸릉— 푸르릉! 무식한 호랑말코 같은 녀석. 네놈이야말 로 건방지구나!"

"뭣이?"

"나야말로 순결한 불의 힘을 이어받은 진정한 불의 신수! 푸르릉!"

"크르렁! 말도 안 되는 소리!"

"무식하게 힘만 센 네놈보다는 내가 훨씬 더 고귀한 혈통 이란 말이다!"

"웃기는 소리! 강력한 힘이야말로 뜨거운 화염의 상징이 지. 크르르릉!"

차르토와 유니콘의 대화.

그것은 제법 흥미진진한 것이었다.

대화를 듣기 시작한 지 5분도 채 지나지 않아 모든 상황이 파악될 정도로 단순했지만.

그 상황 자체가 무척이나 재밌었으니 말이었다.

'그러니까…… 저 불의 근원이라는 게, 불의 신수로 인정받기 위한 매개체 역할도 하는 거였네.'

차르토와 유니콘 정확히는 '인페르널 유니콘'이라는 이름을 가진 녀석.

두 몬스터는 전부, 하르가와 비견될 정도로 강력한 녀석들이었다.

다만 같은 속성 안에 견줄 만한 경쟁자가 없던 하르가와 달리, 차르토와 인페르널 유니콘은 강력한 라이벌(?)이었고.

그 때문에 아직 둘 중 누구도 불의 근원을 손에 넣지 못하고 있었던 것이다.

'그리고 보니 하르가에게는 바람의 신수라는 수식어가 확실히 있었는데, 저 둘한테는 없잖아?'

-차르토(전설)/Lv.175(초월)
-인페르널 유니콘(전설)/Lv.180(초월)

초월 레벨 자체는 이 둘이 오히려 하르가보다 높았음에도 불구하고, 하르가가 가지고 있던 수식어는 확실히 갖지 못했던 것.

그리고 여기까지 파악한 이안은 한 가지 사실을 유추해 낼 수 있었다.

'하르가가 왜 그렇게 쉽게 바람의 근원을 줬나 했더니, 어차피 한번 신수가 되고 나면 필요 없는 아이템이었나 보네.'

물론 아직까지 전부 풀리지 않는 궁금증은 있었다.

신수가 되어도 불의 근원이 사라지지 않는다면, 이안이 생각할 때 하르토와 유니콘이 싸울 이유는 전혀 없었으니 말이다.

둘이서 한 번씩 근원의 힘을 빌려, 신수의 수식어를 사이좋게 얻으면 될 테니까.

'뭔가 내가 알지 못하는 다른 이유가 있겠지?'

하지만 그런 이유는 이안에게 별로 중요한 것이 아니었다.

차르토가 신수가 되든 유니콘이 신수가 되든.

아니면 둘 다 신수가 되지 못하든.

그건 이안이 알 바가 아니었으니 말이다.

지금 이안에게 중요한 것은 이 상황을 잘 활용해서 저 불의 근원을 꿀꺽 하는 것뿐이었다.

'어쨌든 좋았어. 저 둘만 잘 구슬리면, 큰 출혈 없이 퀘스트를 완료할 수 있겠군.'

물론 지금 바로 모든 소환수를 다 소환하여, 저 두 녀석들과 싸워 보는 방법도 있을 것이었다.

초월 170~180이라는 레벨은 분명 부담스러운 수치였지만, 그렇다고 해서 피켄로의 기계 드래곤보다 더 강력할 것이라고는 생각되지 않았으니 말이다.

하지만 싸움을 거는 것은 이안이 생각할 때 아무리 봐도 하책下策이었다.

피켄로와 싸웠을 때처럼 대지의 성물 버프를 받을 수 있는 상황도 아니었거니와, 숲지기인 청랑이라는 존재도 무척이나 거슬렸으니 말이다.

그에 더해 결정적으로 무력을 동원하는 것은, 평화적인 해결책에 실패했을 때 꺼내 들어도 늦지 않을 카드라고 할 수 있었다.

'가능하면 차르토와도 최대한 친밀도를 쌓아야겠어. 퀘스트를 다 클리어한 뒤에 시간이 남는다면, 차르토와 하르가에게 할리를 진화시킬 수 있는 단서를 얻어 낼 수도 있을 테니까.'

그리고 이안이 이런저런 생각을 하는 사이에도, 차르토와 유니콘은 계속해서 으르렁거리며 실랑이를 벌이고 있었다.

"크릉! 그런 둔탁하게 생긴 발굽으로 뜨거운 화염을 표현할 수 있겠어?"

"푸르르릉! 바보 같은 소리! 내 등에 타오르는 이 아름다운 화염의 갈기가 안 보이나 보지?"

콰르릉-!

"이 폭발의 발톱 한 방이면, 훨씬 더 강렬한 화염을 피워 낼 수 있다고."

화르르륵-!

"푸릉, 푸릉! 그래 봐야 이 홍염의 날개보다 아름답진 않은걸?"

두 녀석의 대화를 듣던 이안은 저도 모르게 고개를 절레절레 저었다.

서로 지 잘났다고 떠들고 있기는 하지만, 이안이 볼 때에는 뿍뿍이보다 딱히 나을 것 없는 수준의 대화였으니 말이었다.

그 때문에 이안은 한 번 더 생각을 바꾸었다.

일단 대화가 끝날 때까지 기다렸다가 슬쩍 접근하려 했었는데, 이대로라면 도무지 답이 보이질 않았으니 말이다.

'이건, 끝날 수가 없는 대화야.'

하여 이안은 직접 두 바보들을 중재하기로 하였다.

"훗차—!"

"주인, 어디 가냐뿍."

"저 바보들이랑 얘기 좀 하러."

"뿌뿍?"

일단 생각을 정한 이안은 망설임 없이 녀석들을 향해 걷기 시작하였다.

그리고 이안이 다가오자, 두 녀석의 시선은 자동으로 이안을 향해 돌아갈 수밖에 없었다.

뿍— 뿌뿍— 뿍—!

뿍뿍이의 발소리에서 들리는 존재감은 둘의 싸움을 멈추

게 할 정도였던 것이다.

"크르릉– 네놈은 뭐냐?"

"푸르릉! 처음 보는 인간이다."

이안은 워낙 당당하게 둘의 앞까지 걸음을 옮겼고, 때문에 그들은 어리둥절한 표정이 될 수밖에 없었다.

딱히 대단해 보이지도 않는 작은 인간이 겁도 없이 다가왔으니, 어이없는 게 너무 당연한 것이다.

하지만 차르토와 유니콘의 당황은 거기서 끝이 아니었다.

"지금 너희 둘. 설마, 이 불의 근원을 놓고 싸우고 있었던 거야?"

"……!"

"인간, 어떻게 불의 근원에 대해 알고 있는 것이지?"

갑자기 등장한 작은 인간이, 생각지도 못했던 이야기를 쏟아 내기 시작했으니 말이었다.

"딱 보면 알지."

"크르릉?"

"푸릉? 그게 무슨 말이냐!"

"너희 둘, 불의 신수가 되고 싶은 거잖아."

"……!"

왜인지는 알 수 없지만, 점점 이안의 화법에 빨려 들어가기 시작하는 차르토와 유니콘.

"둘 중에 불의 신수로 누가 더 적합한지. 그걸 가리고 있었던 것 아냐?"

"크릉! 맞다, 인간!"

"푸르릉! 인간 주제에 제법 똑똑하군."

그리고 이 순간 이안은 확신하였다.

'후후, 귀여운 녀석들.'

두 녀석 모두 이미 절반 정도는 넘어온 것이나 다름없다고 생각한 것이다.

"내가 볼 때 둘 다 강력한 불의 힘을 가진 것 같긴 한데…… 그래도 확실히 우열은 가려야겠지?"

"크르르릉! 물론이다! 내 강력한 폭발의 발톱이라면, 저런 허약한 유니콘 정도는 단번에 제압할 수 있으니까."

"푸릉! 인간이 옳은 말을 하는군. 저런 멍청한 호랑이 따위에게, 불의 신수 자리를 내줄 수는 없지."

이야기를 듣던 이안은 한 차례 씨익 웃으며 둘을 번갈아 응시하였다.

'이제 판은 깔린 것 같고……?'

이어서 슬슬, 준비해 뒀던 떡밥을 천천히 풀기 시작하였다.

"좋아, 그럼 내가 도와주도록 할게."

"도와준다고? 크릉?"

"푸릉, 인간 주제에 무슨 수로 우릴 돕겠다는 거냐?"

"내가 둘 중에 더 화염의 신수에 적합한 존재를, 판별해 주면 되는 것 아냐?"

"크르릉?"

"물론 아주 객관적이고 깔끔한 방법으로 우열을 가려 줄게."

"푸르릉? 그런 방법이 있다고?"

"크릉! 이거 흥미가 동하는군."

두 몬스터의 눈이 반짝이는 것을 확인한 이안은, 히죽 웃으며 잠시 뜸을 들였다.

이미 녀석들은 완벽히 페이스에 말려들었으니, 서두를 필요가 없는 것이다.

"무릇 화염의 신수라면, 뜨거운 화염 그 자체라고 할 수 있는 법."

"당연하다! 크르릉!"

"맞는 말을 하는군, 인간."

"그래서 내 첫 번째 시험은 이거야."

"푸르릉?"

이안은 두 몬스터의 뒤쪽으로 흐르는 용암의 강을 가리키며, 천천히 말을 이었다.

"화염의 신수라면, 저 용암의 열기 정도는 아무것도 아니겠지."

"푸, 푸릉?"

"크르릉! 당연하다!"

이안의 입꼬리가 슬쩍 말려 올라가기 시작하였다.

"둘 다 저 용암에 들어가."

"……?"

"저기에서 더 오래 버티는 친구에게, 우선 10점을 주도록
하겠어."

차르토와 유니콘.

완전히 다른 외모를 가진 둘의 가장 큰 공통점은 바로 자
존심이 엄청나게 강하다는 것이었다.

그리고 이안은 그 '자존심'을 아주 교묘히 잘 건드렸다.

"왜 미적거리는 거야?"

"크, 크릉."

"푸르릉!"

"설마, 용암 따위가 무서운 건 아니겠지?"

"크릉! 그럴 리가!"

"푸르릉……! 말도 안 되는 소리!"

"이건 사실 불의 신수로서 기본적인 '소양' 같은 거라고."

"기본…… 소양?"

"그래. 아주 기본적인 소양."

이안의 계획은 간단했다.

두 녀석의 자존심 대결을 이용해, 어부지리를 취할 생각이었던 것이다.

'흐흐, 그림은 아주 완벽해. 저 바보들만 내 생각대로 움직여 준다면……!'

그리고 이미 이안의 제안에 충분히 솔깃해 있던 두 녀석들은 엉거주춤 용암을 향해 움직이기 시작했다.

'그래. 크릉! 내가 저 허약한 말대가리보다야 용암에서 오래 버티겠지.'

'푸릉! 내 홍염의 날개를 잘 이용하면, 멍청한 호랑이 녀석쯤은 이길 수 있을 거야.'

이안이 예상했던 대로, 상황이 굴러가기 시작한 것이다.

'좋았어. 그럼 이제 슬슬 선수를 대기시켜 보실까.'

녀석들의 뒷모습을 보며 입꼬리를 실룩거리던 이안은 슬쩍 어딘가를 향해 신호를 보냈다.

그러자 이안이 손짓한 방향으로부터, 커다란 그림자 하나가 불쑥 모습을 드러내었다.

"불용이, 아니, 라카도르……! 잘할 수 있겠지?"

"후후, 물론이다, 주인."

소환수와 소환술사.

주종主從 사기단이 선량한 몬스터들을 상대로 판을 깔기 시작하였다.

부글부글- 부글부글-.

얼마나 긴 시간이 흘렀을까.

아니, 사실 절대적인 시간 자체는 그리 오래 지나지 않은 상황이었다.

이제야 대결(?)이 시작된 지 정확히 5분 정도가 지난 시점이었으니 말이다.

다만 용암 안에서 고통받고 있는 차르토와 유니콘에게 이 5분은 거의 억겁과도 같은 시간이었다.

불 내성이 없는 생명체라면 단숨에 녹아 없어질 근원의 용암.

이 시뻘건 용암이 가진 열기는 아무리 강력한 화염 속성의 몬스터라 하더라도 견디기 힘든 것이었으니 말이었다.

"크, 크릉……! 나에게 열기 따위는……."

물에 빠진 것처럼 용암의 강에서 허우적거리는 거대한 호랑이 한 마리와.

"……푸르……릉. 이제 그만 포기하시지. 네가 아무리 오래 버텨 봐야, 어차피 승리는 나의 것이니."

끝까지 허세를 부리며 쉬지 않고 떠드는 한 마리의 유니콘.

이미 차르토의 이마에서는 식은땀이 뻘뻘 흘러내리고 있

었지만.

상대적으로 우월한 지능으로 꼼수(?)를 부리던 유니콘도 사정은 마찬가지였다.

처음에는 고유 능력을 이용해 용암에 발굽만 닿을 듯 말듯한 거리를 유지했으나, 일시적 마력 고갈로 더 이상 홍염의 날개를 펼칠 수 없게 된 것이었다.

둘 모두 아직 허세를 부리고 있지만, 이제 누가 봐도 입을 놀리는 것조차 힘겨워 보이는 상황.

그런 그들을 보며, 이안은 슬슬 때가 되었음을 느끼고 있었다.

'흐음, 좋아. 지금이야.'

탁-!

이안이 손가락을 퉁기며 자리에서 일어서자, 두 몬스터들이 아웅다웅하는 용암의 강 위로 커다란 그림자 하나가 까맣게 드리워졌다.

그리고 갑작스런 거구의 등장에, 차르토와 유니콘은 잠시 말싸움을 멈출 수밖에 없었다.

"크룽! 저놈은 또 뭐냐!"

"푸르릉! 나도 처음 보는 놈이다."

용암에 반사된 붉은 빛깔로 인해, 더욱 아름답게 반짝이는 선홍빛의 비늘들.

흉악스런(?) 외모를 가진 드래곤의 등장은 차르토와 유니콘도 긴장하게 만든 것이다.

그리고 다음 순간.

"크릉……!"

"푸릉?"

긴장한 눈빛으로 드래곤을 응시하던 차르토와 유니콘은 동시에 눈이 휘둥그레질 수밖에 없었다.

갑자기 나타난 낯선 드래곤 녀석이, 처음부터 생각지도 못했던 행동을 보여 줬으니 말이었다.

풍덩-!

허공에서 커다란 날개를 쫙 펼치더니, 그대로 차르토와 유니콘의 옆에 입수(?)해 버린 것.

콰아아아아-!

부글부글!

심지어 이어진 녀석의 대사는 더욱더 가관이라 할 수 있었다.

"어, 시원……하다!"

마치 사우나의 온탕에 몸을 담그는 동네 아저씨처럼, 아예 용암 안에 거구를 푹 담가 버리는 녀석.

녀석을 본 차르토와 유니콘은 두 눈을 의심할 수밖에 없었다.

불의 신수 후보(?)인 그들조차 견디기 힘든 이 열기를, 저렇게 아무렇지 않게 즐기는 존재가 있을 줄은 생각도 못 했으니 말이었다.

겉으로는 허세를 부리고 있었지만, 사실 차르토든 유니콘
이든 저렇게 몸을 푹 담글 자신은 없었던 것.

"크, 크르릉!"

"푸르르릉!"

당황한 두 몬스터는 용암 위에서 빠르게 눈빛을 교환하였
다.

이대로 대결이 더 이어진다면, 둘 모두에게 최악(?)의 결
과로 이어질 테니 말이었다.

'크릉! 일단 이건 아니다.'

'우선 휴전이다. 푸릉!'

만약 이안이 뜬금없이 저 녀석의 손을 들어 준다면, 차르
토와 유니콘은 두 눈 시퍼렇게 뜬 채로 코 베이는 것이나 다
름없는 상황.

"크릉, 등이 가려워서 잠깐."

"푸르릉! 나도 발굽에 뭐가 낀 것 같은데……."

녀석들은 동시에 어이없는 핑계를 대며 용암의 강에서 빠
져나왔고, 그 모습을 지켜보던 이안은 피식 웃을 수밖에 없
었다.

자존심 강한 녀석들이 어처구니없는 핑계를 대는 이 상황
자체가, 무척이나 재밌었던 것이다.

물론 재밌는 것과 별개로, 약간의 아쉬움도 있었다.

어쨌든 두 녀석이 이안이 설계해 놓은 첫 번째 덫은 피해 간 것이었으니까.

'흐흐, 그래도 완전 바보들은 아니라는 말이지?'

하지만 그 아쉬움도 잠시뿐, 이안의 표정은 더욱 음흉해졌다.

어차피 첫 번째로 깔아 놓은 덫에 바로 걸려 줄 것이라고는 생각지 않았으니 말이다.

아직까지 차르토와 유니콘은 이안의 손바닥 안에 있었던 것이다.

"뭐야, 이러면 승부를 가를 수가 없잖아?"

짐짓 너스레를 떨며, 두 몬스터를 향해 다가가는 이안.

그런 그를 보며 조금 찔린 표정이 된 둘은, 우물거리며 궁색한 변명을 시작하였다.

"그, 그래? 우리가 동시에 나왔나?"

"푸릉. 그렇지만 절대로 뜨거워서 나온 건 아니다. 푸릉!"

"이 녀석 말이 맞다. 크릉. 단지 등이 가려웠던 것일 뿐이야."

그리고 둘의 이야기를 듣던 이안이 슬쩍 용암을 향해 고개를 돌리며 불용이를 응시하였다.

물론 불용이와는 초면인 것처럼 연기하는 것도, 잊지 않고 말이다.

"흐음, 너희 설마. 저 친구보다 화염의 힘이 부족한 것은 아니겠지?"

"크릉! 그, 그럴 리가!"

"푸르릉! 말도 안 되는 소리!"

"아무리 봐도 저 친구가, 너희들보다 훨씬 더 열기에 강한 것 같은데……."

"아니다! 등이 가려워서 어쩔 수 없었다! 억울하다, 크릉!"

"나, 나도 발굽이……! 푸르릉!"

이안은 눈을 가늘게 뜨고, 둘을 번갈아 응시하였다.

그러자 양심에 찔린 차르토와 유니콘은 이안의 눈빛을 슬금슬금 피할 수밖에 없었고, 이안은 두 녀석과의 대화에서 확실한 우위를 점할 수 있었다.

"좋아. 그럼 그 거짓말…… 이번 한 번만 믿어 주도록 하지."

"크르릉!"

물론 약간의 반발도 있긴 하였지만.

"푸릉! 거짓말을 믿어 주다니! 거짓이 아니라 진짜다, 인간!"

이안의 한마디에 그대로 제압되었고 말이다.

"그럼 지금이라도 다시 용암에 한번 들어가 볼까?"

"푸, 푸릉! 그게 아니고……!"

이어서 불용이를 향해 슬쩍 눈을 찡긋한 이안은 슬슬 다음 계획을 위한 떡밥을 깔기 시작하였다.

"어쨌든 첫 번째 대결에서 승부를 가리지 못했으니, 다음 대결을 해야겠지."

"크릉, 그렇다!"

"이번에야말로……! 푸르릉!"

"이번엔 정말 정당한 승부를 해야 할 거야."

"무, 물론이다!"

"크르릉! 당연하다, 인간!"

둘 앞에서 잠시 뜸을 들인 이안은 품속에서 무언가를 주섬주섬 꺼내기 시작하였고, 차르토와 유니콘은 가만히 이안을 기다렸다.

약점을 잡혀서인지, 처음과 달리 순한 양이 된 두 몬스터들.

그런 그들 앞에 이안이 꺼내 든 것은 또 한 번 둘의 예상을 깨부수는 것이었다.

"자, 이번에는 승부를 가려 보자고, 친구들."

척-!

뿔뿔이 등껍질만큼 거대한 생고기를, 한 덩이씩 꺼내어 둘의 앞에 투척한 것이다.

"이, 이건 웬 고기냐, 인간……!"

"푸릉……!"

그리고 당황하는 두 몬스터들을 향해, 이안이 씨익 웃으며 다시 입을 열기 시작하였다.

"불의 신수라면, 그 누구보다 불을 잘 다뤄야겠지."

"푸릉! 당연한 말씀!"

"이번 대결은 바로 그거야."

"크룽! 그게 무슨 말이냐, 인간!"

"지금 내가 한 덩이씩 건네준 이 고기."

"……!"

"이 고기를 가장 맛있게 굽는 이가, 이 대결에서 승리하는 거다."

"크르릉……?"

생각지도 못했던 제안에, 잠시 당황한 두 몬스터들.

하지만 머뭇거림도 잠시뿐, 두 녀석들은 질세라 투레질을 하며 이안의 제안에 동의하였다.

이안의 말이 제법 그럴싸하게 들리기도 했거니와, 적어도 용암에서 버티는 것보다 훨씬 더 쉬워 보이는 내기였으니 말이다.

"좋다……! 이 차르토 님의 실력을 보여 주도록 하지."

"푸릉! 나야말로!"

이어서 그런 그들을 향해, 이안이 기다렸다는 듯 승부수를 던졌다.

"그리고 이번 대결엔, 나도 함께하겠어."

"……!"

"그게 무슨……!"

"설마, 불의 신수가 될 친구들이 나보다 불을 못 다루지는 않겠지."

그리고 그렇게, 시뻘건 용암이 끓어오르는 근원의 화산 한복판에서, 진정한 불의 근원의 주인을 가릴, 최후의 대결(?)이 시작되었다.

치이익- 부글부글-!

화르륵-!

근원의 화산 한복판의 작은 공터.

온통 시뻘건 불길로 가득한 이 흉악스런 대지에서, 웃지 못 할 진풍경이 벌어지고 있었다.

덩치가 산만 한 호랑이 한 마리와, 유니콘 한 마리가, 각각 쪼그려 앉은 채 진지한 표정으로 고깃덩이를 굽고 있었으니 말이었다.

그리고 그들의 앞에 앉아, 그에 못지않게 열심히 고기를 굽는 중인 이안!

'후후, 그동안 등짝 스매싱을 맞아 가며 갈고닦은 실력을...... 드디어 뽐낼 때가 왔군.'

물론 이안은 요리를 잘하지 못한다.

하지만 그가 유일하게 자신 있어 하는 분야가 있었으니,

그것은 바로 고기 굽기였다.

하린의 까탈스러운 입맛에 맞추기 위해, 오랜 시간 강제로 갈고닦인(?) 것이 바로 이안의 고기 굽는 실력이었으니 말이다.

'짜식들, 입에서 살살 녹는 고기가 뭔지 보여 주도록 하지.'

사실 이안이 고기 굽기 대결을 시작한 데에는 제법 고차원적인 설계가 들어가 있었다.

단순히 두 몬스터들을 상대로 대결에서 이겨, 불의 근원을 꿀꺽할 생각으로 접근한 게 아니었던 것이다.

아무리 녀석들의 AI가 바보 같다고 해도, 이 고기 굽기 대결에 승복해서 순순히 '불의 근원'을 넘겨줄 리는 없었으니까.

다만 이안이 착안한 것은 아주 원론적인 퀘스트의 내용이었다.

'어쨌든 불의 신수의 인정을 받으면 되는 거잖아?'

이안의 입장에선 사실, 차르토와 유니콘 중 누가 대결에서 이겨도 상관없었다.

어차피 근원을 얻고 불의 신수가 결정된다고 해도, 아이템이 사라지지 않는 것은 하르가의 케이스를 통해 확인했으니 말이다.

해서 이안이 처음부터 노렸던 것은, 두 몬스터의 인정을 미리 전부 얻어 내는 것.

이 고기 굽기 대결의 목적은 처음부터 그것이었던 것이다.

'만약 내가 대결에서 이겼다고 근원을 가져가겠다고 하면, 두 놈 모두 반발하겠지. 하지만 둘 중 하나의 손을 들어주면서 내 고기의 맛을 보여 준다면⋯⋯ 얘기는 다를 수밖에 없을 거야.'

일단 카일란의 시스템상, 맛있는 음식을 먹인다는 것 자체만으로도, NPC와의 친밀도를 올리는 데에는 탁월한 효과가 있다.

거기에 이안의 이런 교묘한 설계가 들어간다면, 충분히 평화적인 결과를 얻어 낼 수 있는 것이다.

'물론 그렇게 되려면 두 놈 모두 감복할 만한 최고의 고기를 구워 내야겠지만⋯⋯.'

화르륵-!

빨갛게 달궈진 불판에 고기를 올린 이안이, 두 눈을 반짝이기 시작하였다.

맛있는 고기를 구워 내기 위해선, 두툼한 고깃살 안에 육즙을 가둬 놓는 것이 생명!

치이이익-!

깔끔하게 고기를 뒤집은 이안은 두 녀석 몰래 인벤토리를 슬쩍 열었다.

이어서 이안이 꺼내 든 것은⋯⋯.

띠링-!

-'요리사 하린의 특제 스테이크 소스' 아이템을 사용하였습니다.

이 대결에 종지부를 찍어 줄, 비장의 한 수라고 할 수 있었
다.

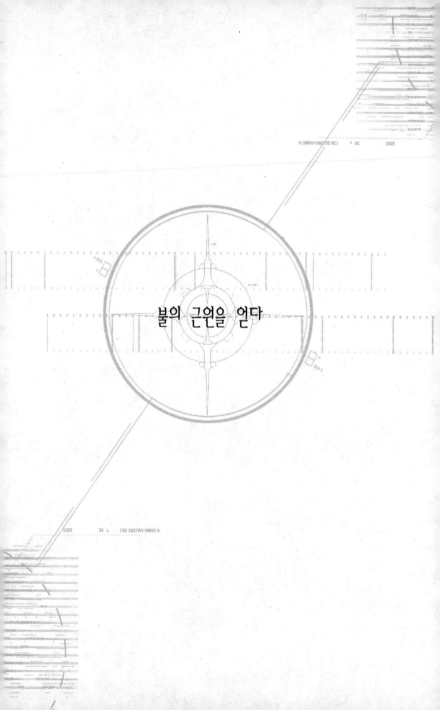

불의 근언을 얻다

Taming
Master

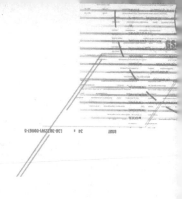

　맛있는 요리를 탄생시키기 위해서는 많은 전제 조건이 필요하다.

　단지 '요리'라는 과정 하나만으로 맛있는 요리가 탄생하는 것이 아니라는 이야기다.

　훌륭한 요리가 나오기 위해서는 우선 양질의 신선한 재료가 있어야 한다.

　그것을 또 어떻게 선가공하느냐에 따라 완성될 요리의 많은 부분들이 달라지는 것.

　때문에 사실 이안이 제안한 이 '고기 굽기' 내기는 처음부터 결과가 정해져 있던 것이나 다름없었다.

　하린의 특제 스테이크 소스를 제하고라도 이안의 손에 들려 있던 고기 자체가 특별한 고기였으니 말이다.

특급 스테이크용 고기

분류 : 고기
등급 : S++
뛰어난 요리사에 의해 숙성된 부드러운 스테이크용 고기입니다.
북부 대륙의 고급 향신료를 사용하여 고기의 잡내가 99% 제거되었습니다.
적당한 굽기로 구워진다면, 최상급의 스테이크가 완성될 것입니다.

과장을 살짝 섞어 말하자면 이안이 불판에 지금 올려놓은 고기는 반쯤 태워 먹어도 맛있을 수밖에 없는 고기였던 것.

'흐흐, 맛있겠다!'

때문에 사실 이안의 마지막 제안은 거의 짜고 치는 고스톱 수준의 사기극이었다.

다만 이안의 양심에 가책을 조금 덜어 주는(?) 것은, 이안의 목적이 내기에서 이기는 것에 있지 않다는 점이었다.

결국 진정한 불의 신수를 가리는 대결의 승자는 두 녀석 중 한 놈이 될 것이다.

이안의 목적은 녀석들의 인정을 받는 것뿐이었으니까.

'뭐, 좋은 게 좋은 거지.'

치이이익-!

용암으로 새빨갛게 달궈진 커다란 돌판에 놓인, 먹음직스런 이안의 고깃덩이.

한 번 뒤집어 노릇노릇하게 익은 고기의 윗면을 응시하며 이안은 흡족한 표정이 되었다.

사실상 구워진 고기의 맛에 가장 큰 영향을 끼치는 것이 바로 이 첫 번째로 뒤집는 시점이었는데, 노릇하게 익은 스테이크의 표면을 보니 이미 절반 정도는 성공한 듯했으니 말이었다.

－적당한 익힘 수준에서 고기를 뒤집었습니다.

－육즙의 '풍미'가 +3만큼 강화됩니다.

－고기의 '식감'이 +5만큼 강화됩니다.

……후략…….

뿍뿍이의 등껍질만큼이나 두껍고 커다란 고깃덩이임에도 불구하고 그것을 능숙하게 돌판에서 구워 내는 이안!

앞뒤로 고기를 원하는 만큼 익힌 이안은 자연스레 인벤토리에서 요리 칼을 꺼냈다.

'하린이 없을 때 이걸 꺼낼 일이 생길 줄은 몰랐는데…….'

그러고는 번개 같은 솜씨로 스테이크를 썰어 내기 시작하였다.

슥－ 스슥－!

치이이익－!

이안의 손놀림에 마치 큐브처럼 썰린 스테이크가 돌판에 차곡차곡 쌓였다.

이어서 거의 정육면체에 가까울 정도로 균등한 크기로 썰린 고기들이, 이안의 손이 움직일 때마다 먹음직스럽게 구워지기 시작하였다.

'육즙은 단 한 방울도 흘려보낼 수 없지.'

강력한 화력으로 고기의 표면을 아름답게(?) 코팅하여 그 안에 육즙을 완벽히 가두는 것이야말로 고기 굽기의 정수.

이안은 마치 타이쿤 게임이라도 하듯 그 일련의 과정을 완벽하게 해내고 있었다.

이것은 하린이 봤다고 해도 분명 놀랐을 만한 광경이었다.

지금껏 이안은 카일란에서 이렇게까지 공을 들여서 요리해 본 적이 없었으니 말이다.

물론 현실에서 고기를 구울 때야 하린의 등짝 스매싱을 피하기 위해 모든 노력을 쏟아붓지만.

적어도 게임에서 이안이 요리할 일은 쉽게 생기지 않았으니까.

하린 덕분에 각종 호화 요리가 인벤토리에 쌓여 있는데, 굳이 요리라는 것을 해 볼 이유가 없는 것이다.

'좋아, 이쯤에서 소스 한 번 더 발라 주고.'

촤락─!

차르토와 유니콘의 눈치를 슬쩍 보던 이안은, 마지막으로 하린의 소스를 고기에 한 번 더 코팅시켰다.

그리고 그것으로 이안의 고기 굽기는 마무리되었다.

아직 고기가 완전하게 바싹 익은 것은 아니었지만, 본인의 취향에 더해 고객(?)의 입맛까지 고려한 완벽한 마무리를 한 것이다.

'역시 고기는 미디엄 레어지.'

차르토와 유니콘 같은 야생동물들(?)이라면, 분명 웰던 보다는 레어의 식감을 좋아할 터.

완성된 큐브 스테이크를 확인한 이안은 무척이나 흡족한 표정이 되었다.

대충 봐도 지금 눈앞에 놓인 이 고기는 맛이 없을 수가 없는 비주얼이었으니 말이다.

-'이안의 큐브 스테이크'가 완성되었습니다.

-요리 등급 : S+

-최초로 S+등급 이상의 요리에 성공하셨습니다!

-'요리' 숙련도가 대폭 증가합니다.

……후략…….

게다가 지금까지 신경 써 본 적도 없던 요리 스킬이 대폭 증가하자 이안은 무척 뿌듯한 기분이 되었다.

'흐흐, 요리도 은근히 재밌잖아? 나중에 하린이한테 한번

배워 봐야겠어.'

그리고 마지막으로, 퀘스트의 결과와 관계없이 이 요리를
시식할 차르토와 유니콘의 반응이 무척이나 궁금해졌다.

'그전에 이 친구들, 고기를 어떻게 구웠는지나 한번 볼까?'

기분이 좋아진 이안은, 두 녀석을 슬쩍 둘러보며 입을 열
었다.

"후후, 다들 다 했나?"

"크, 크릉! 조금만 기다려라 인간, 거의 다 구웠다."

"푸르릉! 느리긴! 역시 가장 빨리 고기를 구운 건 이 몸이
로군."

"유니콘, 너는 다 구운 거야?"

"푸릉! 당연하다. 이런 고기 따위를 굽는 데엔 10초면 충
분하지."

"……?"

유니콘의 말에 어이없는 표정이 된 이안은 녀석이 구운 고
기를 확인하였다.

그리고 그와 동시에 이안의 입에서 헛웃음이 새어 나왔다.

"뭐야, 고기 상태가 왜 이래?"

"푸릉! 뭐가 말이냐, 인간?"

"아니, 얼마나 센 불로 구운 거야? 이거 다 타 버렸잖아!"

유니콘의 고기는 '구운 것'이라고 하기보다는 '태운 것'이
라는 표현이 더 알맞아 보였으니 말이었다.

물론 유니콘은 여전히 뻔뻔했지만 말이다.

"내 강력한 화염의 힘을 표현한 것뿐이다."

"……."

"진정한 불의 힘을 보여 준 것이지, 푸릉!"

"후우."

이안은 한숨을 내쉬며 고개를 절레절레 저었지만 속으로는 다행이라 생각하고 있었다.

유니콘의 고기 상태로 미루어 볼 때, 승부를 가르기가 생각보다 쉬울 것 같았으니 말이다.

'차르토는 적어도 이것보단 잘 구웠겠지.'

하지만 이안이 자신의 생각이 얼마나 잘못된 것이었는지 깨닫기까지 그리 오랜 시간이 걸리지 않았다.

"크르릉! 나도 다 구웠다, 인간."

"그래? 한번 볼까?"

유니콘의 스테이크가 까맣게 타 버린 숯 같은 비주얼이었다면, 차르토의 고기는 스테이크라기보다는 고기 반죽 같은 느낌이었으니 말이었다.

'고기가 이렇게 맛없게 생길 수도 있나?'

불판에서 대체 무슨 짓을 한 것인지 거의 떡 반죽 같은 모양새가 되어 있었던 것.

심지어 이 와중에 당황스러운 것은 고기의 크기가 절반 이하로 작아졌다는 사실이었다.

"크기는 또 왜 이래?"

"크릉……! 간을 좀 봤을 뿐이다."

"뭐라고?"

"맛있게 구워지는지 확인하느라 한입 먹었다."

"……."

이안은 또 한 번 고개를 저으며 땅이 꺼져라 한숨을 쉴 수밖에 없었다.

"그래서 맛은 있었고?"

"크, 크릉! 물론이다! 이 차르토 님이 구운 고기가 맛없을리 없지!"

"후우우……."

두 녀석에게 제공한 커다란 고깃덩이가 아까워질 지경이었으니 말이다.

'어쩐다…… 그래도 발암물질 같은 새까만 숯보다는, 정체를 알 수 없는 고기 떡의 손을 들어 줘야 하나?'

평소 선택장애와는 거리가 먼 이안임에도 쉽사리 결정하기 힘들 만큼 어려운 희대의 난제.

일단 선택을 보류한 이안은 두 녀석을 자신의 불판 앞으로 불러들였다.

"자, 친구들."

"크릉, 표정이 왜 그러냐, 인간."

"몰라서 묻냐?"

"푸르릉! 내 고기에 감명받은 것이냐?"

"……."

그리고 내기에 대한 이야기를 하는 대신 두 녀석에게 자신의 큐브 스테이크를 한 덩이씩 건네주었다.

"일단, 이것부터 한 입씩 먹고 다시 얘기해 볼까?"

"……!"

"크, 크릉……! 이건……!"

이안의 스테이크를 건네받은 두 몬스터들은 순식간에 두 눈이 휘둥그레졌다.

아직 맛을 보지 않았음에도 불구하고, 코끝에서부터 전해지는 진한 고기의 향기가 예사롭지 않았던 것이다.

참지 못하고 단숨에 고기를 집어삼킨 차르토는, 이윽고 황홀한 표정이 될 수밖에 없었다.

대부분의 경우 생고기만 뜯어 먹던 야생의 호랑이(?)가 느끼기에 이안의 큐브 스테이크는 이 세상의 맛이 아니었으니 말이다.

띠링-!

-'이안의 큐브 스테이크'를 건네주었습니다.
-'차르토'와의 친밀도가 +10만큼 증가합니다!

"하, 하나만 더……!"

"응?"

"한 조각만 더 먹어도 되겠냐, 인간!"

이미 고기 굽기의 승부에는 관심도 없는 것인지, 아련한 표정으로 이안의 스테이크를 갈구하는 차르토!

그리고 그러한 반응은 유니콘 또한 다를 것이 없었다.

이미 스테이크를 한입 베어 먹은 유니콘의 두 눈이 완전히 풀려 있었으니 말이었다.

"푸, 푸릉……! 아무래도 난 그동안 헛산 것 같다, 친구들."

"왜?"

"고기란 비리고 질긴, 맛없는 음식인 줄 알았는데……."

"음……?"

"이런 맛이 존재하는 줄도 모르고 그동안 풀만 뜯어 먹었다니……."

"켁!"

이안의 혼이 담긴 큐브 스테이크는, 유니콘이 채식으로 살아온 과거를 반성하게 만들 정도의(?) 완벽한 맛이었던 것이다.

그리고 이안은 이 감동의 순간을 결코 놓치지 않았다.

지금 이 순간이 바로 '근원' 퀘스트에 마침표를 찍어야 할 그 타이밍이었으니 말이었다.

"자, 친구들, 이게 바로 불의 힘이라고. 인정하지?"

"크릉! 인정한다, 인간! 불을 이렇게까지 잘 다루다니……!"

"푸르릉! 나도 마찬가지다, 인간. 대단한 실력을 가졌군!"

운을 띄워 놓은 이안은 잠시 뜸을 들이다가 다시 천천히 말을 이었다.

"하지만 본래 이 대결은 내가 아닌 너희 둘의 대결."

"……!"

"그래도 먹을 수는 있는 고기를 구워 낸 차르토의 손을 들어 주도록 할게."

이안은 이미 두 녀석 모두의 인정을 받았다.

때문에 이제 둘 중 누구라도 '불의 신수'가 된다면, 그것이 곧 '불의 신수'의 인정을 받게 되는 것.

"크릉, 정말이냐, 인간!"

"그래, 하지만 너희 둘 다 거기서 거기야."

"…….."

"푸르릉……! 아쉽지만 승복하겠다."

그리고 그러한 이안의 예상은 정확히 맞아떨어졌다.

띠링-!

-조건이 충족되었습니다.

-불의 신수 '차르토'의 인정을 받았습니다.

이안의 눈앞에 기다렸던 시스템 메시지가 주르륵 떠오르기 시작한 것이다.

- '불의 근원' 아이템을 획득하였습니다!
- 퀘스트의 두 번째 조건이 충족되었습니다!
- '불과 바람의 근원을 찾아서(에픽)(연계)(히든)' 퀘스트를 성공적으로 완수하셨습니다!
- 명성(초월)을 20만 만큼 획득하였습니다.
- '불의 대리인' 칭호를 획득하였습니다.
- '바람의 대리인' 칭호를 획득하였습니다.
- 신족, '천상호리' 종족과의 친밀도가 +3만큼 증가하였습니다.
……후략……

이어서 마지막으로 이안의 시선을 사로잡는 한 줄의 시스템 메시지가 추가로 눈앞에 떠올랐다.

- 조건이 충족되어 숨겨져 있던 연계 퀘스트가 드러납니다.
- '화염의 제왕(히든)(연계)' 퀘스트를 수령하셨습니다!

그리고 그것을 확인한 이안의 양쪽 입꼬리가 스르륵 말려 올라가기 시작하였다.

이 '근원의 숲'은 여러 모로 이안에게 중요한 콘텐츠였다.

일단 두 가지 속성의 근원을 얻어야 정령계의 메인 퀘스트를 진행할 수 있다는 사실부터가 최상급의 중요도를 가지고 있었지만…….

그 외에도 달콤한 콩고물(?)들을 더 내포하고 있었으니 말이다.

일단 카일란을 플레이하면서 처음으로 만날 수 있었던 소환수 '할리'의 상위 등급 개체들.

이것이 바로 그 첫 번째 달콤한 콩고물이었다.

물론 그들을 알게 되었다고 해서 '진화 불가' 상태의 할리를 곧바로 진화시킬 수 있는 것은 아니었다.

그렇지만 조금의 단서라도 얻어 볼 수 있는 여지는 충분히 생긴 것이다.

다만 이안이 하르가에게 더 꼬치꼬치 캐묻지 않고 근원의 화산으로 먼저 온 이유는 당연히 퀘스트의 제한 시간 때문이었다.

일단 퀘스트를 클리어하고 난 뒤 할리가 진화할 수 있는 단서를 찾는 것이 옳은 순서라고 생각했으니까.

'청랑이 내게 준 시간이 아직 3시간도 넘게 남아 있으니, 그것까지 충분히 알아보고 나갈 수 있겠지.'

그리고 두 번째.

사실상 할리의 진화와 관련된 단서가 퀘스트를 진행하면서 얻어걸린 요소라면, 이것은 처음 이 퀘스트를 수령할 때부터 이안이 기대하고 있던 것이었다.

어쩌면 할리의 진화보다도 더 큰 가치를 가지고 있을지 모를 불의 정령 마그번의 진화.

만약 마그번이 단지 최상급으로 진화하게 되는 것뿐이었다면, 할리의 전설 진화보다 더 가치 있다고 말하기에 애매했을 것이다.

하지만 지금 이안의 눈앞에 떠오른 퀘스트에서 알 수 있듯.

그리고 이안이 처음부터 예상했듯, '불의 근원'은 불의 정령을 '정령왕'으로 진화시키기 위한, 히든 피스이자 단서였다.

화염의 제왕(히든)(연계)

과거 정령계의 왕들 중 하나였던, 불의 정령왕 라그나로스.

기계문명과의 전쟁에 자신의 모든 힘을 쏟아부은 그는 불의 권능이 담긴 '근원'만을 남기고 소멸하였다.

정령왕의 상징이자 사대 속성의 근원 중 하나인 '불의 근원'이, 주인을 잃고 '근원의 숲'으로 되돌아간 것이다.

……중략……

물론 '불의 근원'을 가졌다고 해서 모든 불의 정령이 '정령왕'이 될 수 있는 것은 아니다.

'정령왕'이 되기 위해서는 그에 걸맞은 강력한 정령력을 보유해야 하

며, 또 '화염의 제왕'이 될 자격을 '정령의 제단' 앞에서 증명해야 하니 말이다.

하지만 '불의 신수'가 인정한 정령술사인 당신이라면, 당신의 친구인 불의 정령으로 하여금 정령왕의 자격을 얻을 수 있도록 도울 수 있을 것이다.

당신의 정령 '마그번'이 '화염의 제왕'이 될 수 있도록 제왕의 시험에 도전해 보도록 하자.

만약 이 시험에 통과한다면 당신은 '정령왕'의 계약자가 될 수 있을 것이다.

다음의 모든 조건을 충족한다면 퀘스트를 클리어할 수 있습니다.

A. 최상급 불의 결정 흡수.

B. '최상급 불의 정령'으로 진화.

C. 화염 속성을 가진, 초월 레벨100 이상의 몬스터 1,000마리 이상 처치.

D. 불의 신 '이그라트'의 가호 획득.

E. '불의 근원' 흡수.

*모든 조건은, 시험에 참여할 '불의 정령'의 힘만을 이용하여 달성해야 합니다.

*모든 조건은, 명시된 순서대로 달성되어야 합니다.

퀘스트 난이도 : SSSSS

퀘스트 발생 조건 : '불의 근원'을 가진 정령술사, '상급' 이상의 '불의 정령'과 계약한 정령술사.

제한 시간 : 없음

*모든 유저 중 단 한 명만 클리어할 수 있는 퀘스트입니다.(다른 누군가가 해당 퀘스트를 먼저 클리어할 시, 퀘스트는 자동으로 소멸됩니다.)

*퀘스트를 '포기'하거나 퀘스트가 '소멸'되기 전까지, 제한 없이 도전할 수 있는 퀘스트입니다.

보상 : 명성(초월) 20만, '정령왕의 계약자(불)' 칭호 획득

퀘스트 창을 전부 확인한 이안은 설렘으로 심장이 두근대

기 시작하였다.

트로웰과의 기간제 계약(?)으로 인해 이미 정령왕의 강력함을 확실하게 알고 있는 이안으로선, 마그번이 정령왕이 됐을 때 어떤 능력을 보여 줄지, 벌써부터 설렐 수밖에 없는 것이다.

게다가 퀘스트 창의 마지막에 명시된, 이안조차도 처음 본 강렬한 한 줄의 문구.

'캬, 모든 유저들 중 단 한 명만 클리어할 수 있는 퀘스트라니……!'

전 서버에 정령왕이 단 하나밖에 존재할 수 없음을 알고 있는 이안에겐 이 문구가 더욱 강렬하게 와 닿은 것이다.

물론 퀘스트 난이도가 펜타 S급의 난이도이며, 클리어까지는 얼마나 요원할지는 모르지만, 언제나 그랬듯 그런 것은 이안에게 있어 전혀 고려 대상이 아니었다.

시스템적으로 아예 막아 놓은 것이 아니라면 이안에게 불가능한 퀘스트는 없을 테니까.

'달성해야 할 조건이 총 다섯 개…….'

이안의 시선이 퀘스트 달성 조건 탭을 향해 고정되었다.

이어서 A 항목을 확인한 이안은 살짝 눈을 빛내기 시작하였다.

'오호, 이게 설마 최상급 진화의 단서였나?'

사실 불의 상급 정령인 마그번은, 이미 상급 정령이 가질 수 있는 최대치의 정령력을 달성한 지 좀 되었다.

하지만 이전까지와 달리 정령력이 가득 찼음에도 진화를 하지 않자 이안은 몇 가지 가정을 세워 놓고 있었다.

첫째, 정령왕으로 진화 가능한 사대 속성의 정령은 최상급의 정령으로 진화하지 않는다.

둘째, 모든 정령은 상급 정령보다 상위로 진화할 때 특별한 조건을 충족시킬 필요가 있다.

그리고 이 퀘스트의 내용으로 인해 이안은 두 번째 가정이 맞다는 사실을 알게 된 것이다.

'최상급 정령이 되기 위해선 최상급 원소의 결정을 흡수해야 한다고……? 어떻게 생각하면 엄청 단순하기는 한데…….'

이안은 피식 웃으며 고개를 절레절레 저었다.

사실 말이 단순하지, 최상급 속성의 결정을 정령에게 먹인다는 행위 자체는 결코 간단히 말할 수 없는 것이었으니 말이다.

최상급의 결정은 지금껏 기계 공장과 광산을 이용해 누구보다 많은 정수와 결정을 파밍한 이안에게도 무척이나 귀한 물건이었으니까.

지금까지 이안이 모아 둔 최상급 속성의 결정은 모든 속성을 합하여 겨우 세 개.

상급 결정도 충분히 귀하다고 하지만 그것과 비교도 되지 않을 정도의 희귀도를 가진 것이 최상급의 결정이었던 것이다.

'최상급 결정을 누가 정령에게 먹일 생각을 하겠어? 차라리 정령 수호자에게 팔거나 아티펙트 제작에 사용하겠지.'

물론 최상급의 결정을 정령에게 먹이면 평범한 상급 정령을 기준으로 거의 절반에 가까운 정령력을 채울 수 있다.

하지만 시간이 오래 걸리더라도 결국 전투로 차곡차곡 채울 수 있는 것이 정령력이었다.

당연히 환산 불가능한 가치를 지닌 최상급의 정수를 정령에게 먹이는 사람은 아무도 없었던 것이다.

'어쨌든 안 팔고 모아 두길 잘했네.'

그렇다면 지금껏 이안이 이 최상급의 원소 결정을 모아 둔 이유는 무엇일까?

그 이유는 간단했다.

언젠가 연성할 '태초의 마룡' 연성에 필요한 주재료 중 하나가 최상급의 속성 결정이었으니 말이다.

'하지만 아직 기약도 없는 마룡 연성보단, 정령왕 퀘스트가 우선이겠지.'

일단 결정을 사용하면 곧바로 다음 단계로 넘어갈 수 있는 '화염의 제왕' 퀘스트와 달리 마룡 연성에 필요한 재료는 산 넘어 산이었다.

대체 어떻게 생겨 먹은 건지도 알 수 없는 '마신의 혈옥血玉' 같은 것에 비교하면 오히려 최상급의 결정은 양반이었으니 말이다.

하여 이안은 망설임 없이 인벤토리를 열었다.

곧바로 '최상급 불의 결정'을 사용하여 A조건을 클리어하기 위해서 말이다.

띠링-!

－'최상급 불의 결정'을 사용하였습니다.
－고대 불의 정령 '마그번'이, '최상급 불의 결정'을 흡수합니다.

결정을 흡수하는 과정 자체는 간단하였다.

어차피 중급이나 하급의 결정들을 정령에게 흡수시킬 때와 방법 자체는 차이가 없었으니 말이다.

'초과될 정령력이 좀 아깝긴 하네. 하지만 뭐, 어쩔 수 없지.'

그래도 결정이 아깝긴 한지 슬쩍 입맛을 다시는 이안.

－'화염의 제왕(히든)(연계)' 퀘스트의 첫 번째 조건이 충족되었습니다.
－정령 '마그번'이 가진 화염의 힘이 더욱 강력해집니다.

이어서 떠오르는 시스템 메시지를 보며 이안은 눈을 빛냈다.

지금 이 순간 이안이 기대하는 것은 하나였다.

'자, 이대로 진화까지 가자……!'

별달리 필요한 다른 조건 없이, 그대로 마그번이 최상급 정령으로 진화해 줬으면 하는 것이다.

그리고 그러한 이안의 기대에 부응하기라도 하듯 마그번의 시뻘건 몸체가 더욱 강렬히 타오르기 시작하였다.

–고대 불의 정령 '마그번'의 정령력이 한 단계 격상됩니다.
–'마그번'의 정령력이 최대치에 도달했습니다.
–모든 조건이 충족되었습니다.
–불의 상급 정령 '마그번'이 불의 최상급 정령으로 진화합니다.

이어서 모든 시스템 메시지를 확인한 이안의 표정은, 더욱 환해질 수밖에 없었다.

크릉– 크르릉–!

근원의 숲 북쪽의 널따란 초원.

숲의 지배자이자 바람의 신수인 하르가는 오늘도 한가로운 기분을 만끽하고 있었다.

"역시 등 따습고 배부른 게 최고야."

좀전까지만 해도 사나운 벌들에게 쫓기는 긴박한 하루였

지만, 그를 도와준 착한(?) 인간 덕에 다시 여유를 찾을 수 있었으니 말이었다.

크우웅-!

초원 한가운데 솟아 있는 커다란 나무에 누워, 살랑살랑 불어오는 시원한 바람을 느끼고 있노라면, 하르가에게는 이곳이 바로 지상 최고의 낙원인 것!

하여 무척이나 기분이 좋아진 하르가는 두 눈을 슬며시 감고 낮잠을 청하기 시작하였다.

온몸에 퍼지는 이 달콤한 나른함은 게으른 하르가에겐 축복 그 자체라 할 수 있었다.

"흐아암……! 딱 3시간만 자고 일어나야지. 아니, 어차피 조금 더 있으면 해가 질 테니 그냥 내일까지 쭉 자 버릴까?"

한쪽 앞발로 턱을 괸 채, 행복한 고민을 하며 잠에 빠져드는 하르가.

하지만 바로 그 순간.

크헝-!

하르가는 감기던 두 눈을 다시 번쩍 뜰 수밖에 없었다.

"크릉, 이게 무슨 소리지?"

왠지 모르게 낯익은 호랑이의 울음소리가 그의 귓전을 두들겼으니 말이었다.

'혹시 귀찮은 세카토르 녀석……?'

친구인 세카토르의 얼굴을 떠올린 하르가는, 저도 모르게 눈살을 확 찌푸렸다.

녀석은 게으름뱅이인 그와 완전히 상극에 가까운 호랑이였으니 말이었다.

게다가 녀석은 숲지기 '청랑'의 심복이나 다름없는 친구였으니, 하르가로서는 녀석의 등장이 경계될 수밖에 없는 것.

'설마, 청랑 님이 또 뭘 시키신 건 아니겠지……?'

불안한 표정이 된 하르가는 고개를 휙 돌려 소리가 난 곳을 응시하였다.

제발 자신이 생각한 그 최악의 상황(?)은 아니기를 속으로 열심히 바라면서 말이다.

그런데 다음 순간, 울음소리의 주인을 발견한 하르가는 적잖이 당황할 수밖에 없었다.

"크릉……?"

고개를 돌린 하르가의 시야에 세카토르가 아닌 전혀 생각지 못한 존재가 들어왔으니 말이었다.

"크릉, 크르릉—!"

나무 아래서 하르가를 올려다보며 연신 '크릉'대는 한 마리의 호랑이.

'뭐지? 처음 보는 녀석인데……. 왜 낯이 익은 거지?'

녀석을 보고 잠시 갸웃했던 하르가는 곧 그가 누군지 깨달을 수 있었다.

"크릉! 아, 넌 아까 그 인간과 함께 왔던 할리칸!"

"크릉, 크릉, 크르릉!"

녀석은 다름 아닌 이안의 소환수 할리였으니 말이었다.

하여 반가운 표정이 된 하르가는 풀쩍 나무 아래로 내려왔다.

착한 인간의 소환수라면 그에게도 친구나 다름없었으니 말이다.

"여긴 어쩐 일이야. 이안은 어디 갔어?"

그리고 그런 하르가에게 할리는 연신 뭔가를 설명하기 시작하였다.

"크르릉– 크릉– 크허엉!"

문득 하르가를 찾아온 할리의 이야기는 다른 것이 아니었다.

"크릉! 그러니까 나처럼…… 강해지고 싶다는 거지?"

"크르릉! 크헝!"

어느 순간부터 이안 파티에서 탈것 이상의 역할을 할 수가 없게 된 할리.

그는 과거의 영광(?)을 되찾고 싶었던 것이다.

'크릉, 카르세우스보다 더 강해지고 싶어…….'

처음 이안의 파티에 합류했을 때만 해도, 할리는 소환수들 중 에이스였다.

초기 로터스 영지의 영지전을 캐리한 것은 언제나 그였으니 말이다.

심지어 라이가 전설 등급으로 진화하고 빡빡이가 합류했을 때까지도, 할리는 충분히 1인분 이상의 딜러 역할을 하고 있었다.

다만 할리의 존재감이 슬슬 사라지기 시작한 것은 카르세우스를 비롯한 신룡들의 합류부터였다.

특히 마계 대전쟁이 끝난 뒤, 신화 등급의 드래곤들이 딜러 역할을 하기 시작한 순간.

할리는 탈것, 혹은 서포터의 역할을 해야만 했다.

레벨이야 할리 또한 다른 소환수들에 꿀릴 것 없이 충분히 높았지만, 한 등급도 아니고 두 등급 이상의 격차는 메우기 힘든 전투력의 차이를 가져왔으니 말이다.

그 때문에 항상, 이안 몰래 신분 상승(?)을 꿈꿔 왔던 할리.

그런 할리에게 하르가와 차르토의 등장은 충격적인 것이라고 할 수 있었다.

'크르르릉! 나도 저렇게 진화하고 싶다……!'

그래서 할리는 이안에게 말도 없이 하르가를 찾아왔다.

이안이 불의 신수들과 노닥거리는(?) 사이, 슬쩍 그곳을 빠져나온 것이다.

차르토도 있었지만 하르가를 굳이 찾아간 이유는 간단했

다.

할리는 본능적으로, 하르가 자신과 같은 일족이라는 것을 느꼈으니 말이다.

"크르르릉…… 확실히 넌 우리 일족의 아이가 맞군."

"크허엉! 크허어엉!"

하지만 하르가에게서 처음 들은 이야기는 할리를 절망하게 만드는 것이었다.

"하지만 그렇다고 해서…… 나처럼 될 방법을 알려 줄 수 있는 건 아니다, 꼬마."

"크헝, 크르르릉…….."

"왜냐면 나도 모르니까."

"크헝?"

"난 그냥, 태어날 때부터…… 할리칸이 아닌 하르가였거든."

"……."

하르가의 이야기를 들은 할리는 금세 우울해졌다.

할리칸 중에는 가장 강력한 호랑이가 될 수 있어도, 하르가보다는 약할 수밖에 없다는 사실을 알고 있었으니 말이다.

사실 하르가가 되어도 카르세우스보다 강해지는 것도 아니었는데, 그 하르가조차 될 수 없다니.

할리로서는 너무 우울할 수밖에 없는 것.

"크허어엉……!"

하지만 다행히도, 하르가의 이야기는 거기서 끝이 아니었다.

"너무 슬퍼하지 마, 꼬맹아."

"크헝?"

"나는 방법을 모르지만, 그렇다고 방법이 없다는 건 아니니까."

"크릉? 크허어엉?"

할리의 간절한 눈빛을 보며 잠시 뜸을 들인 하르가.

그의 말이 다시 천천히 이어졌다.

"오래 전, 이 근원의 숲에서 떨어져 나간…… 천공의 숲이라는 곳이 있어."

"크허엉?"

"그리고 그곳에 가면…… 크릉. 우리 하르가 일족의 지도자이신 '사막의 수호자'님을 만날 수 있지."

할리와 다시 눈이 마주친 하르가가 천천히 말을 이었다.

"크르릉! 수호자님이라면 아마, 네가 강해질 수 있는 방법을 알고 계실지도 몰라."

"크헝!"

"그분께선 모르는 게 없으시거든."

할리는 다시 심장이 뛰기 시작하였다.

강해질 가능성이 있다는 사실만으로도, 무척이나 흥분되었으니 말이다.

"크릉, 크릉, 크허어엉!"

그리고 그런 할리를 보며, 하르가는 고개를 절레절레 저었다.

"그런데 대체 뭐 하러 강해지려 하는 거야?"

"크헝?"

"한적한 숲에 누워서 벌꿀을 뜯어 먹는 데에는, 별로 힘이 필요하지 않은데 말이지."

하르가의 물음에, 할리는 고개를 절레절레 저었다.

벌꿀이 얼마나 맛있는지는 모르지만, 용맹스럽게 전장을 휘젓는 것만큼 재밌지 않다는 것은 확실했으니 말이다.

"크르릉! 크허엉!"

물론 게으른 하르가로서는 그런 할리의 마음을 이해할 수 없었지만 말이다.

"그래, 뭐 그 정도 마음가짐이라면…… 어쩌면 나보다 강해질 수 있을지도."

하여 하르가는 다시 이야기를 시작하였다.

열정적인 할리를 도와주고 싶었으니 말이었다.

"천공의 숲은 성운에서 이곳 근원의 숲보다 더 북쪽으로 올라가면 있을 거야."

"크릉?"

"아마 이곳에 널 데리고 온 네 주인이라면, 내 말이 무슨 말인지 이해할 수 있을걸?"

"크릉, 크릉!"

"하지만 그곳을 찾는다고 해서, 거길 아무나 오를 수 있는 건 아니야."

"크르릉?"

"크릉! 이 폭풍의 능력이 없다면, 차원의 틈을 뛰어넘을 수 없을 테니 말이지."

말을 마친 하르가의 신형이 허공에 녹아들듯 사라졌다.

이어서 강렬한 폭풍과 함께, 반대편의 위치에서 나타났다.

"크허어엉!"

이것은 다름 아닌, 하르가가 꿀벌들을 피해 다닐 때 사용하던 기술!

"쉽진 않겠지만, 너처럼 똘똘한 아이라면 충분히 배울 수 있을 거야."

"크르릉! 크헝!"

"하지만 그냥 알려 줄 순 없지."

"크헝?"

"황금벌의 꿀을 스무 통만 따다 줘."

"……!"

"그러면 내가 이 '폭풍가르기'를 너에게 알려 주도록 할게."

그리고 하르가의 이 말이 끝난 순간.

띠링-!

자리에 없던 누군가(?)의 눈앞에, 뜬금없이 퀘스트 창이
생성되었다.

띠링-!

-불의 상급 정령 '마그번'이 불의 최상급 정령으로 진화합니다.
-고대, 불의 최상급 정령. '마그리파'를 획득하였습니다.
-최초로 최상급의 정령을 획득하여, 정령술의 경험치가 10,000,000
만큼 증가합니다.
-최초로 상급 정령을 진화시키는 데 성공하였습니다.
-명성(초월)을 15만 만큼 획득하였습니다.
……후략…….

시뻘건 불길 속에서 천천히 걸어 나오는 이안의 새로운 정
령 마그리파.

최상급 정령으로 진화한 마그번. 아니, 마그리파는 이제까
지와는 완전히 다른 모습으로 거듭났다.

상급 정령일 때만 해도 앳된 느낌을 벗어나지 못했던 소년
의 모습이었는데, 최상급 정령이 되니 완연한 성체의 형상이
된 것이다.

탄탄한 근육질의 몸매에, 전신을 두르고 있는 묵빛의 갑주.

　그 위에 새겨진 진홍빛의 문양들은, 마치 지옥의 대장군을 연상케 하는 외형이었으니 말이다.

　화르륵-!

　마그리파가 등에 메고 있던 거대한 창대를 집어 휘두르자, 멋들어진 방천화극方天畵戟의 창날이 불길 속에 모습을 드러내었다.

　그리고 그것을 지켜보던 이안은 황홀한 표정이 될 수밖에 없었다.

　'멋지다……!'

　아직 마그리파가 마그번일 때에 비해 얼마나 강력해졌는지는 알 수 없었지만, 한 가지 사실만큼은 확신할 수 있었으니 말이다.

　이안의 눈앞에 있는 이 마그리파의 모습은 지금껏 이안이 봤던 그 어떤 정령들보다도 훨씬 멋지다는 사실 말이다.

　심지어는 정령왕인 트로웰과 비교하더라도, 조금도 부족하지 않을 정도였으니까.

　'크, 아직 정령왕도 안 됐는데, 이 정도라니!'

　마그리파의 위용에 잠시 압도된 이안은 크게 심호흡을 한 뒤 마른침을 집어삼켰다.

　일단 외형에는 대만족을 하였지만, 결국 더 중요한 것은 마그리파의 전투력이었으니 말이다.

'새로 고유 능력도 하나 생겼겠지? 뭐가 생겼을까?'

마그리파의 정보 창을 확인할 생각에, 순간적으로 정령왕에 대한 생각들까지도 잠시 잊은 이안!

이안은 기대 넘치는 얼굴로, 마그리파의 정보 창을 천천히 오픈하였다.

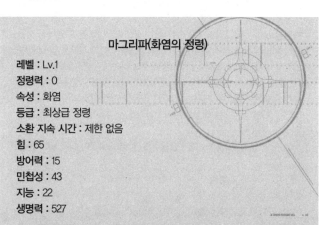

마그리파(화염의 정령)

레벨 : Lv.1
정령력 : 0
속성 : 화염
등급 : 최상급 정령
소환 지속 시간 : 제한 없음
힘 : 65
방어력 : 15
민첩성 : 43
지능 : 22
생명력 : 527

*고유 능력
불의 악마 : 정령술사가 사용한 화염 속성의 공격 마법이 치명타로 적중할 시, 마그리파가 해당 마법을 한 번 더 시전합니다.
*30%의 확률로, 대상의 양기를 흡수하여 홍염의 구슬을 충전시킵니다.
도깨비불 : 마그리파가 던지는 불꽃이 적에게 적중할 시, 주변에 있는 다른 적에게로 튕겨 나갑니다. 튕겨 나간 불꽃은 최초 피해량의 80%만큼의 피해를 입히며, 최대 다섯 번까지 튕길 수 있습니다.
*하나의 대상이 도깨비불을 연속으로 두 번 이상 피격당할 시, 2초 동안

'기절' 상태에 빠집니다.

홍염의 방패 : 마그리파가 지속 시간 동안 방천화극을 회전시키며, 일시적으로 범위 내의 모든 피해를 흡수합니다.(흡수율 : 90~99%)

*흡수된 피해량의 30~40%만큼을 화염 피해로 전환하여 적에게 다시 돌려줍니다.

*홍염의 구슬에 화염의 기운이 가득할 때만, 고유 능력을 발동할 수 있습니다.(충전된 화염의 기운 : 0.00/100)

*마그리파가 적에게 치명적인 피해를 입힐 때마다, 화염의 기운이 조금씩 충전됩니다.

화염참火焰斬 : 마그리파가 방천화극을 내리그어, 강력한 화염의 일격을 쏘아 보냅니다. 화염의 일격은 일직선상의 모든 적에게 피해를 입히며, 마그리파의 공격력과 소환술사의 소환 마력에 비례하는 위력을 가집니다.

화염참은 피해를 입힌 모든 대상에게 화염의 인장을 각인시키며, 치명적인 피해를 입은 대상에게는 두 배의 인장을 중첩시킵니다.

각인된 화염의 인장은 대상으로부터 양기를 흡수하여, 마그리파가 가진 '홍염의 구슬'을 충전시킵니다.

*각인된 화염의 인장의 숫자가 많을수록, 홍염의 구슬이 더욱 빨리 충전됩니다.

*홍염의 구슬에 화염의 기운이 가득 찬 순간, 모든 화염의 인장이 폭발합니다.

*수집 가능한 정령력에 한도가 없는 '최상급'의 정령입니다.

*정령력을 많이 수집할수록, 마그리파가 사용하는 화염 속성 정령 마법의 피해량이 증폭됩니다.

*화염 속성을 필요로 하는 소환 마법을 사용할 때마다 일정량의 정령력이 차오릅니다.

*수집한 정령력이 커질수록, 정령력을 획득량이 감소합니다.

화염 속성의 정수(혹은 대자연의 구슬)를 사용하여 정령력을 채울 수 있습니다.

*최상급의 정령은 소환술사의 소환 마력만 충분하다면 계속해서 소환을 유지할 수 있습니다.

처음 마그리파의 정보 창을 확인한 이안은 적잖이 당황할 수밖에 없었다.

'스, 스텟이 왜 이래?'

습관처럼 가장 먼저 확인한 것이 전투 능력과 관련된 스텟 창이었는데, 그 수치가 말도 안 될 정도로 낮았으니 말이었다.

하지만 그 놀람도 잠시 뿐, 이안은 다른 의미에서 멍한 표정이 될 수밖에 없었다.

마그리파의 스텟이 낮은 이유를, 곧바로 깨달을 수 있었으니 말이다.

'레벨……? 레벨이 생겼다고?'

마치 정령왕 트로웰처럼, 마그리파에게 또한 레벨이라는 개념이 생겨 있었던 것.

'뭐지? 트로웰이 NPC여서 레벨이 있었던 게 아니었나?'

하여 이안은 마그리파의 전투 능력을 다시 빠르게 분석해 보았다.

1레벨의 능력치를 분석해 보면, 녀석의 대략적인 성장치까지 계산해 낼 수 있었으니 말이다.

'1레벨에 힘이 65. 이 정도면…….'

그리고 잠시 후, 이안은 고개를 끄덕일 수 있었다.

분석해 본 마그리파의 전투 능력이, 충분히 최상급이라는 등급에 어울리는 것이었으니 말이었다.

'이 정도면 라카도르랑 비교했을 때 조금 꿀리는 정도……
라카도르가 신화 등급의 소환수라는 걸 감안하면, 충분히 준
수한 능력치겠어.'

이어서 마그리파의 고유 능력들을 하나씩 확인한 이안은
점점 더 흥미로운 표정이 될 수밖에 없었다.

최상급 정령이 된 마그리파의 고유 능력 구조는 이안이 예
상했던 것과 조금 다른 방향으로 구성되어 있었던 것이다.

지금까지는 진화할 때마다 고유 능력이 하나씩 늘어나는
구조였다면, 이번에는 기존의 고유 능력들이 정령을 따라서
상위급의 능력으로 '진화'한 느낌이었던 것.

'불의 악마랑 도깨비불까지는 그대론데, 다른 고유 능력들
은 완전히 달라졌어.'

스킬의 콘셉트는 기존과 비슷할지언정, 메커니즘과 공격
계수가 확실하게 진화했던 것이다.

하여 이안은 충분히 만족할 수 있었다.

정령왕으로 진화할 수 있는 포텐이 남아 있는 것까지, 감
안해서 생각한다면 말이다.

"멋져졌네, 마그번. 아니, 마그리파."

-칭찬. 고맙군. 주인.

"한번 잘해 보자고. 내가 반드시 정령왕으로 만들어 줄 테
니 말이야."

-정령왕은 그대가 만드는 것이 아니고, 내가 되는 것이다.

"건방지긴······."

여전히 건방진 성격의 마그리파를 향해 피식 웃어 보인 이안은, 이제 다음 계획을 머릿속에 떠올렸다.

'어쩐다. 원래대로라면 화염 속성 몬스터들을 좀 사냥하다가 내려갈 생각이었는데······.'

마그리파를 정령왕으로 만들기 위해서는 화염 속성을 가진 초월 100레벨 이상의 몬스터 1천 마리를 처치해야 했고.

조건을 충족하는 몬스터가 이 근원의 화산만큼 널려 있는 사냥터도 없었으니, 원래의 계획대로라면 여기서 남은 시간 동안 사냥을 계속하려 했던 것이다.

하지만 마그리파에게 레벨이라는 개념이 생기면서 1레벨로 진화한 이상.

그 계획은 물거품이 될 수밖에 없었다.

정령왕으로 진화하기 위한 모든 조건은 마그리파의 능력만을 활용해서 달성해야 했으니 말이다.

'흠, 그럼 일단 트로웰의 퀘스트부터 먼저 진행하는 게 맞겠지? 그사이에 마그리파의 레벨도 오를 테니 말이야.'

그런데 바로 그 순간, 이안은 마그리파의 전투 능력을 확인했을 때보다도 더 크게 당황할 수밖에 없었다.

띠링-!

마치 기다리기라도 했다는 듯, 생각지도 못했던 시스템 메시지가 갑자기 눈앞에 떠올랐으니 말이었다.

-'황금벌의 꿀통 수집하기(히든)(연계)' 퀘스트가 발생하였습니다.

-퀘스트를 수령하시겠습니까?

그리고 그것을 확인한 이안은 저도 모르게 육성을 내뱉을 수밖에 없었다.

"이……건 또 뭐야?"

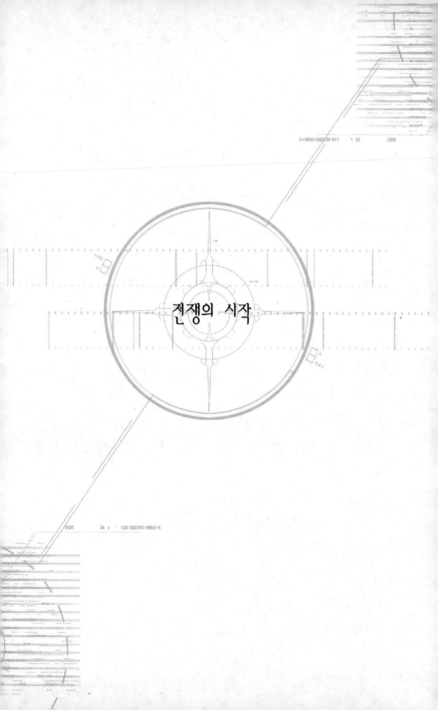

전쟁의 시작

Taming
Master

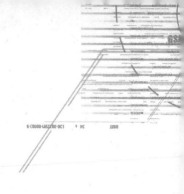

띠링-!

-'황금벌의 꿀통 수집하기(히든)(연계)' 퀘스트를 클리어하셨습니다.

-명성(초월)을 3만만큼 획득하셨습니다.

-바람의 신수 '하르가'와의 친밀도가 15만큼 상승합니다.

-소환수 '할리'가 새로운 고유 능력 '폭풍 가르기'를 획득하였습니다.

……후략…….

눈앞의 시스템 메시지들을 한차례 더 확인해 보며, 이안은 이마에 흐르는 땀을 닦아 내었다.

"후우, 힘들었다……."

에픽 퀘스트를 클리어한 뒤, 갑작스레 떠오른 돌발 퀘스트.

해당 퀘스트가 어째서 생성되었는지는 아직까지도 미지수였지만, 어쨌든 근원의 숲에서의 남은 시간 전부를 이 퀘스트에 할애해야 했던 것이다.

'할리'가 '폭풍 가르기'라는 최상급 고유 능력을 배울 수 있다는 사실 하나만으로도, 청랑이 준 남은 시간을 전부 써서라도 클리어해야만 했던 것.

하르가가 사용하는 폭풍 가르기의 메커니즘을 두 눈으로 봤던 이안으로선, 다른 선택지가 없었던 것이다.

'순간 이동 계열 공격 기술은…… 돈 주고도 구할 수 없는 고유 능력이니까.'

그리하여 결론부터 얘기하자면, 이안은 이 돌발 퀘스트까지 아슬아슬하게 클리어할 수 있었다.

청랑이 내줬던 300분이라는 그 시간 내에 말이다.

아쉬운 게 한 가지 있다면, 하르가와 대화를 더 해 볼 시간조차 없었다는 것.

'퀘스트 내용을 훑어보니 천공의 숲이라는 곳도 연관이 있는 것 같던데…… 거기에 대해서도 좀 물어봐야 했어.'

하지만 이안이 아쉽건 말건 청랑은 1초의 시간도 추가로 허용해 주지 않았기에, 이안은 아공간으로 빨려나갈 수밖에 없었다.

숲에서 추방당한 것이다.

-알 수 없는 힘에 의해, 맵에서 추방됩니다.

-조건이 충족되지 않았습니다.

-'성운'을 밟을 수 없습니다.

-'정령계' 차원으로 강제 이동됩니다.

털썩-!

그리하여 이안이 돌아온 곳은 이제 그에게 무척이나 낯익은 대지의 요람이었다.

우우우웅-!

처음 트로웰에게 퀘스트를 받고 근원의 숲으로 갔던 장소가 이곳이었으니, 같은 좌표로 돌아온 것이리라.

"흐으음…… 하루도 채 안 지났는데, 며칠은 지난 것 같은 기분이네."

이어서 이안은 반사적으로 주변을 두리번거렸다.

항상 이곳에서 자리를 지키고 있던 트로웰을 찾은 것이다.

다음 연계 퀘스트를 받기 위해서라도, 그를 찾아야 한다고 생각한 것.

하지만 트로웰의 거대한 몸집은 요람 어디에도 보이지 않았다.

'음, 뭐지? 그사이에 트로웰이 출정이라도 한 건가?'

퀘스트 메인 스토리의 구조상, 얼마든지 떠올려 볼 수 있는 추측.

그런데 그때, 이안의 시야에 이질적인 빛이 하나 포착되었다.

"어……?"

트로웰이 잠들어 힘을 회복하고 있던 그 자리에, 작지만 강렬한 에메랄드빛의 무언가가 두둥실 떠올라 있던 것이다.

이안은 망설임 없이 그곳을 향해 걸음을 옮겼고, 뭐에 홀리기라도 한 듯 스륵 손을 뻗었다.

그러자 이안의 눈앞에.

띠링-!

새로운 시스템 메시지가 떠오르기 시작하였다.

-조건이 충족되었습니다.

-연계 퀘스트가 발동합니다.

-'트로웰의 지원 요청(에픽)(히든)' 퀘스트를 수령하였습니다.

그리고 기다렸던 연계 퀘스트의 등장에, 한차례 심호흡을 한 이안이 천천히 그 내용을 확인하기 시작하였다.

띠링-!

-거대한 차원의 힘이 요동치기 시작합니다.

-정령계와 라카토리움의 곳곳에 '차원의 균열'이 생성됩니다.

-메인 에피소드로 인해, 모든 '차원의 균열'이 일시적으로 '균열의 전장' 맵으로 치환됩니다.

-모든 '균열의 전장'은 총 다섯 단계(S, A, B, C, D)의 등급으로 나뉩니다.

-유저가 각 차원계(정령계, 라카토리움)에 기여한 공헌도와 초월 레벨에 따라, 입장 가능한 전장 등급이 결정됩니다.

……후략…….

카일란의 모든 퀘스트는 거미줄처럼 촘촘하고 복잡하게 얽혀 있다.

그리고 그 퀘스트의 스토리가 메인, 에픽 시나리오와 가까워질수록 그 연관성의 복잡도는 점점 더 올라간다.

에피소드의 메인이 되는 스토리일수록, 더 많은 퀘스트들이 서로 맞물려 얽혀 있다는 뜻이다.

그 때문에 지금 중간계에서 벌어지기 시작한 이 차원 전쟁 에피소드는 누구 하나로 인해 시작된 에피소드라고 하기 힘들었다.

물론 가장 결정적인 트리거를 터뜨린 것은 이안이라 할 수 있었으나, 이안 혼자만의 힘으로는 결코 메인 에피소드를 열 수 없다는 뜻이다.

그리고 그 증거로, 기계 대전의 첫 번째 전장이 열린 이곳에 이안은 함께하지 못했다.

물론 전장을 주도하는 대부분의 NPC들이 이안과 일면식(?) 있는 친구들이기는 했지만 말이다.

"이번에야말로 저 간악한 기계 무리들을…… 이 땅에서 전부 몰아낼 기회로다!"

"샤트라 일족이여, 나를 따르라! 트로웰 님을 도와, 과거의 영광을 되찾자!"

"와아아……! 셀라무스 부족의 용맹를 증명하자!"

"모조리 쓸어 버려라!"

기계 대전쟁의 첫 번째 전장이 열린 곳은 A등급으로 책정된 균열의 전장이었다.

그리고 이곳의 입장 조건을 충족한 유저는 극소수에 불과했기 때문에, 대부분의 유저들은 방송 매체를 통해 전장을 관전해야만 했다.

-와, 미친……! NPC들 최소 초월 레벨이 70레벨대야. 답 없네.

-장비 드롭되는 거 보셈. 미쳤음. 유일 등급 이상 초월 장비 막 쏟아지는 것 같은데…….

기계문명의 수장이라 할 수 있는 찰리스와, 정령계의 지도

자라 할 수 있는 정령왕 트로웰.

둘의 진두지휘하에 전장은 더욱 치열해졌고, 시간이 지날수록 분위기는 더욱 무르익어 갔다.

정령계 에피소드의 기본 스토리를 거의 알고 있는 카일란의 팬들 입장에서는, 어지간한 블록버스터 영화만큼이나 흥미진진한 장면인 것이다.

－아, 부럽다ㅠㅠ 나도 초월렙 다섯 개만 더 올렸으면, 저기 참전할 수 있었는데.
－윗님, 구라 자제요. 초월 65레벨인 친구도 입장 못 했다던데…… 님이 랭커라도 됨?
－님도 구라 같은데.
－뭐가요?
－65레벨 친구 있는 것도 구라 아님?
－…….

과거 마계대전쟁 때보다도 훨씬 더 수준 높은 전장이 펼쳐지니, 유저들의 눈이 즐겁지 않을 수 없었던 것.

초월 100레벨에 육박하는 NPC들의 싸움도 싸움이었지만, 역시 유저들 대부분의 관전 포인트는 랭커들의 활약이었다.

아무래도 NPC보다는 같은 유저인 랭커들이, 몰입하기 훨씬 좋은 대상들이었으니 말이다.

　-캬, 역시 랭커들이네.
　-그러게요. 초월 레벨 기본 10레벨 이상 달리는 것 같은데, 꿀리지 않고 잘 싸우네요.

　기사 대전에 참전했던 랭커들 중 절반 이상이 이 전장 안에 들어와 있었으니, 채널을 돌려보며 좋아하는 랭커를 골라보는 재미도 쏠쏠했고 말이었다.

　"기사단 전열, 방어대형 어떻게든 유지해!"
　"전부 맞아 주지 마! 피할 건 피하란 말이야!"
　"뒤에 딜러들이 있는데 피해면 어떡합니까, 마스터?"
　"하, 답답하네. 이 정도 논타겟은 딜러들이 알아서 피할 거라고! 기사 클래스가 피하는데 딜러진이 못 피하겠냐."

　특히 로터스와 같이 최상위권이면서 주 무대가 정령계인 길드들은, 길드의 거의 모든 전력이 전부 이 전장 안에 들어와 있었던 것.

　"레미르 누나, 측면 좀 막아 줘!"
　"오케이!"

"클로반 형, 카윈. 너희는 나랑 같이 전방으로."

"알겠어, 형!"

"알겠다, 헤르스."

"피올란 님은 광역둔화 위주로 보조 부탁드려요."

"예, 마스터."

"어차피 딜은 안 부족하니까요."

참전한 모든 길드들은 각각 최고의 성과를 올리기 위해 기사단을 이끌고 있었고, 덕분에 전장은 한동안 팽팽한 균형을 잃지 않았다.

하지만 그렇게 1시간 정도가 지났을까.

─어, 뚫렸다! 뚫렸어!

─어디? 어 정말이네.

조금씩 힘의 균형이 기울어지기 시작하자, 상황은 점점 더 걷잡을 수 없이 흘러갔다.

정령계 진영의 우측 측방이 무너지면서, 그대로 기계문명의 병력이 밀고 들어오기 시작한 것이다.

"크하하하! 나약한 정령계 놈들! 먼저 도발한 것을 후회하게 만들어 주마!"

전장에 찰리스의 카랑카랑한 목소리가 크게 울려 퍼지면서, 더욱 강력한 기계 괴수들이 날뛰기 시작한 것.

-미친……! 파블로프 기사단 제대로 구멍이잖아?
-아냐, 파블로프만의 문제가 아니야.
-그럼?
-소브레 기사단이 먼저 뒤쪽으로 훅 밀렸다고.

이해도 낮은 유저들은 가장 먼저 방어선이 무너진 파블로프와 소브레 길드를 손가락질했지만, 대부분의 유저들은 그들 탓이 아니라는 것을 분명히 알고 있었다.

-역시, 에피소드상 정령계 전력이 훨씬 달리네요.
-사실 지금까지 버텨 낸 것만 해도 기적인 듯.
-이제 어떻게 될까요? 이대로 랭커들 다 전멸하는 구도는 아닐 것 같은데…….
-아마도 에피소드상의…… 어떤 변곡점이 등장하겠죠?
-재밌네요.

애초에 정령계의 전력이 기계문명에 비해 약하다는 것은 너무 명확한 사실이었으니 말이었다.

-어떻게든 버텨 내라! 저 더러운 고철 덩이들에게 대자연의 힘을 보

여야 한다……!

쩌렁쩌렁한 트로웰의 목소리가 전장에 울려 퍼졌지만, 그것과 별개로 정령계는 점점 더 밀릴 수밖에 없었다.

한번 흘러내리기 시작한 방어선은 수습할 방법이 없었으니 말이다.

그리고 그렇게 30분 정도가 더 지났을 즈음.

-제길……! 우선 후퇴한다!

분함이 느껴지는 트로웰의 목소리와 함께, 이 첫 번째 전장이 막을 내렸다.

위이잉-!

-대지의 정령왕 트로웰이, 대자연의 마법을 사용하였습니다.

-조건이 충족되었습니다.

-전장의 모든 인원이 균열의 전장 밖으로 이동됩니다.

우우우웅-!

트로웰의 마법과 함께 지면에 커다란 마법진이 그려지더니, 정령계의 병력이 마법진 안으로 빨려 들어가기 시작한 것이다.

"으하하핫! 나약한 정령계 녀석들! 모조리 쓸어 버려라!"

하나둘 전장에서 빠져나가는 정령계의 병력을 보며, 트로웰은 분한 표정으로 다시 씹어 뱉듯 입을 열었다.

-으득……! 사대 속성의 힘이 전부 모여 있었더라면……!

다음 순간, 에메랄드빛의 기운으로 둘러싸인 트로웰에게서 웅웅거리는 목소리가 천천히 이어졌다.

그리고 그것은 전장에 있던 랭커들뿐 아니라 관전하던 모든 유저들에게 똑똑히 들리는 목소리였다.

-나의 대리인이 대자연의 힘을 모아올 것이다……!
-'숲의 대전사 이안'이 지원군을 끌고 올 때까지, 어떻게든 버텨야만 한다……!

이어서 그 목소리를 들은 모든 이들은 두 눈을 휘둥그렇게 뜰 수밖에 없었다.

-이안? 이안이라고?
-지금 정령왕이 이안이라고 했지?

카일란의 유저라면 이제는 모두가 알 수밖에 없는 그 이름.
'이안'을 트로웰이 직접 언급했으니 말이었다.

-숲의 대전사라는 수식어를 봐서, 혹시 다른 NPC의 이름은 아닐까요?
-그건 아닌 듯. 그러고 보면 전장에 이안이 없었잖아요.

－아, 맞네……! 진짜 그 이안이 그 이안인가?

하지만 이안이라는 이름에 웅성이던 유저들은 곧 대화를
멈출 수밖에 없었다.
쿠웅－!
전장의 마지막 인원이 균열 바깥으로 빠져나간 순간, 새
로운 월드 퀘스트가 모든 유저들의 눈앞에 떠올랐으니 말이
었다.
띠링－!

－'대자연의 수호(에픽)(월드)' 퀘스트가 발동하였습니다.
－'파괴의 화신(에픽)(월드)' 퀘스트가 발동하였습니다.

정령계의 인간 진영 유저들에게는 기계문명의 공격을 버
텨 내라는 내용의 전쟁 퀘스트가, 기계문명의 마족 진영 유
저들에게는 정령계의 방어선을 뚫고 전쟁에서 승리하라는
내용의 전쟁 퀘스트가, 동시에 발동되며 새 에피소드의 본격
적인 시작을 알린 것이었다.

이안의 손에 닿은 에메랄드 빛덩어리가 강하게 사방으로

폭사되며, 그 자리에 두루마리 양피지 한 장이 두둥실 떠오른다.

한눈에 보아도 특별한 힘이 담겨 있는, 황금빛의 두루마리 종이.

그것을 집어 들자, 이안의 눈앞에 퀘스트 창이 주르륵 하고 떠올랐다.

트로웰의 지원 요청(에픽)(연계)

정령계의 진정한 힘은 모든 원소의 근원이 되는 사대 속성의 힘이 전부 모였을 때 비로소 발현된다.

그 때문에 정령계의 각지에 뿌리내리고 있는 사대 속성의 부족들을 한 자리에 전부 모을 수만 있다면, 강력한 기계 군단에 충분히 맞설 수 있을 것이다.

대지 속성의 부족들은 트로웰의 권능하에 전부 모였으니, 이제 불과 물, 그리고 바람의 부족들을 규합하여야 하는 것.

그리고 이를 위해, 당신은 근원의 숲에서 불과 바람의 권능을 찾아 돌아왔다.

……중략……

직접 비터스텔라의 중심에 있는 '정령의 제단'으로 가서 불과 바람의 권능을 발현하자.

그것으로 각지에 숨어 있는 불과 바람의 전사들을 전장으로 불러 모을 수 있을 것이다.

그리고 제단의 신탁을 통해, 물의 군대를 규합할 수 있을 방법을 알아보자.

정령왕도, 권능도 없는 이상 물의 부족들을 찾아내는 것은 쉽지 않겠지만, 전쟁에서 승리하기 위해서는 어떻게든 해내야만 한다.

*다음 조건을 충족할 시 퀘스트가 클리어되며, 연계 퀘스트를 수령할 수

있습니다.

A. '정령의 제단'에 무사히 도착하여, 불과 바람의 권능 발현(제한 시간 : 100분)

B. '제단의 시험' 통과

퀘스트 난이도 : S+

퀘스트 조건 : '정령왕의 대리인' 자격 보유, '사대 속성의 근원' 중 하나 이상 보유, '사대 속성의 대리인' 칭호 중 하나 보유

*A 조건의 제한 시간을 한 번이라도 초과할 시, 다시는 도전할 수 없는 퀘스트입니다.

보상 : 명성(초월) 10만, '물의 부족을 찾아서(에픽)(연계)' 퀘스트 수령

퀘스트 내용을 빠르게 확인한 이안은 천천히 고개를 주억거렸다.

'역시, 그냥 되는 건 아니었어.'

대략적인 스토리 진행에 대해서는 알고 있었지만, 이 불과 바람의 근원을 어떻게 사용해야 권능을 발현할 수 있는지는 감이 오질 않았었으니 말이다.

속성의 근원이라는 것이 사용하거나 소모할 수 있는 방식의 아이템이 아니었으니, 이것으로 어떻게 불과 바람의 군대를 규합한다는 것인지 알 수 없었던 것.

'제한 시간이 100분이라…… 퀘스트 난이도가 높진 않지만, 그래도 빠르게 움직이는 게 좋겠지.'

대지의 요람에서 정령의 제단까지 이동하는 데 걸리는 시간은 약 30분 정도.

그 때문에 이안은 제단까지의 이동 과정에 분명 기계문명의 방해가 있을 것이라 짐작하였다.

그렇지 않다면 제한 시간을 100분이나 줄 리 없었으니 말이다.

비교적 낮은(?) 난이도를 감안해도 말이었다.

타탓-!

빠르게 요람을 빠져나온 이안이 오랜만에 아이언을 소환하였다.

청량같이 무서운 친구들이 있는 근원의 숲과 달리, 정령계는 이안의 나와바리(?)였고, 여기서는 아이언을 타고 직활강을 해도 누구도 이안을 막을 수 없었으니까.

"가자, 아이언."

캬아아오오-!

이어서 이안을 태운 아이언이 커다란 날개를 쫙 펼친 뒤, 빠른 속도로 하늘을 향해 날아오르기 시작하였다.

카일란에는 서버별 레벨 랭킹을 제외한다면, 따로 공식적인 랭킹 목록이 존재하지 않는다.

유저들이 이야기하는 랭커들의 랭킹은 사실상 여러 데이터를 규합해서 대중에 의해 만들어진 랭킹인 것이다.

그 때문에 최근 공식 커뮤니티에 올라온 랭킹 표는 사실상 가장 최근에 있었던 '기사 대전' 콘텐츠의 결과에 가장 큰 영향을 받을 수밖에 없었다.

그리고 그런 이유로, 이번 기사 대전으로 인해 필연적으로 저평가된 이들이 존재할 수밖에 없었다.

최상위권의 랭커들 중에서도 말이다.

"마스터, 이거 공식 커뮤니티에 올라온 랭킹 표, 좀 이상하네요."

"왜?"

"마스터께서 랭킹 70위권이시라니…… 이건 좀 너무한 것 같은데요."

최상위권 소속의 길드가 아니거나, 자신의 능력치보다 수준 낮은 길드에 소속된 랭커들이라면, 기사 대전에서 제대로 된 활약상을 펼쳐 볼 기회도 없었으니, 대중의 인지도를 기준으로 밀려 내려갈 수밖에 없었던 것.

"글쎄, 난 당연하다고 보는데."

"예?"

"내가 최근에 대외적으로 뭐 보여 준 게 없잖아."

"그건 그렇죠."

"100위권 안에 붙어 있는 것만 해도 다행인 거지."

그리고 미국 서버의 암살자 클래스 랭커인 '조나단'이 바로, 그 대표적인 케이스의 랭커라고 할 수 있었다.

한때 대전사 카이와 비등한 PVP 실력을 보여 주며 일약 스타로 떠올랐었지만, 워낙 은둔형 게이머다 보니 어느새 대중들에게서 잊혀 버린 것이다.

　게다가 과거 림롱의 천살 길드처럼(이제는 호왕과 합병되었지만) 영지조차 없는 소규모의 길드 하나만을 운영하고 있었으니, 그 길드의 멤버들이 아무리 뛰어난 실력자라 해도 존재감은 적을 수밖에 없는 것이다.

　"하, 다음 기사 대전은 언제랍니까?"

　"그건 왜?"

　"다음 기사 대전 때는 나가서, 한번 본때를 보여 주셔야죠."

　"우리가 무슨 수로?"

　"당장 길드원 모집 공지 올리겠습니다."

　"후후."

　"저희도 충분히 칼데라스처럼, 최상위권으로 올라갈 수 있는 포텐이 있다니까요?"

　"아서라. 귀찮으니까."

　"마스터……!"

　"그럴 거였으면 예전에, 올리버 녀석 제안을 받아들였겠지."

　"지금이라도 늦지 않았습니다, 마스터."

　"싫어."

　조나단이 처음 유명해진 것은 아주 오래 전 미국 서버의 마계 대전 에피소드 때였다.

당시만 해도 완전히 무명이던 그는 마계와의 전쟁에서 카이를 마크할 수 있을 만큼 뛰어난 PVP 실력을 보여 주었고, 때문에 순식간에 미국 서버 팬들의 인지도를 얻을 수 있었던 것이다.

하지만 그 뒤로 그가 더 유명해질 수 있었던 것은 미국 서버 최고의 마법사인 '마크 올리버'의 친구라는 사실이 밝혀지면서부터였다.

지금까지도 미국 서버의 팬들 대부분이, 그를 올리버의 친구라고 기억하고 있을 정도였으니까.

"하아…… 요르간드 같은 허접한 놈이 글로벌 암살자 랭킹 1위에 박혀 있는데…… 억울하지도 않으십니까?"

"걔가 허접은 아니잖아?"

"무, 물론 저는 이길 자신 없지만…… 마스터라면 충분히 상대하실 수 있잖습니까?"

"그거야 모르는 일이지."

길드원 '루토'와 투덕거리며 대화를 나누던 조나단은 돌연 자리에서 벌떡 일어났다.

그러자 루토가 의아한 표정으로 그를 향해 물었다.

"갑자기 어디 가십니까?"

"갑자기 아니다. 원래 볼일이 있었어."

"오후에 길드 퀘 일정, 잊으신 건 아니죠?"

"음, 까먹고 있긴 했는데, 어차피 그 전엔 돌아와. 괜찮아."

"마스터!"

"네가 알아서 준비하고 있어. 3시 전엔 돌아올 테니까."

이어서 멍한 표정이 된 루토를 두고 길드 거점에서 나온 조나단은 피식 웃으며 작은 목소리로 중얼거렸다.

"요르간드라…… 루토 녀석 말이 아주 틀리지도 않네. 그런 허접한 놈이 암살자 세계 랭킹 1위라니."

저벅- 저벅-.

조나단은 까맣게 무두질 된 가죽 장화를 사뿐사뿐 내딛으며, 여유로운 표정으로 걸음을 옮겼다.

하지만 놀라운 것은 그의 여유로운 움직임과 별개로 엄청나게 빠른 그의 이동속도였다.

마치 허공에서 미끄러지기라도 하듯, 순식간에 어디론가 사라지는 조나단.

소르피스 내성의 수많은 인파를 빠르게 뚫고 나온 조나단이 향한 곳은 광장 북쪽에 있는 '차원의 문'이었다.

그리고 그곳을 통해 그가 향한 곳은…….

띠링-!

-'정령계' 차원을 선택하셨습니다. 맞습니까?

"맞아."

–'차원의 열쇠'를 하나 소모합니다.
–잠시 후, '정령계'로 이동됩니다.

우우웅–!
기사 대전 이후, 현재 중간계에서 가장 핫한 차원계.
한참 기계 대전이 벌어지고 있는 '정령계'였다.

이안의 예상은 정확했다.
전력으로 비행한 아이언 덕에 제단에 도착하는 데까지는
그리 오랜 시간이 걸리지 않았지만, 단순히 이동하는 것으로
끝이 아니었던 것이다.
기잉– 기잉–!
–숲의 대전사다.
–찰리스 님의 말 대로군.
–녀석이 나타났다. 삐리릭–!
이안이 제단에 도착함과 동시에 셀 수 없이 많은 기계 괴
수들이 제단의 주변으로 소환되었고, 그를 둘러싼 뒤 집단
공격을 퍼부었던 것.

하지만 초월 100레벨도 채 되지 않는 기계 괴수들이 이안의 상대가 될 리는 없었고, 때문에 전투 자체는 어렵지 않았다.

치익- 치이이잉-!

-역시 숲의 대전사…… 강력하군……!

이안의 대검이 한 번 휘둘러질 때마다, 어김없이 한 기 이상의 기계 괴수가 파괴되었으니 말이다.

퍼어엉-!

다만 이안에게 그래도 S등급의 난이도가 책정된 이유는 100분이라는 제한 시간 때문.

'숫자가 많으니까 까다롭긴 하네.'

퀘스트 조건을 충족시키기 위해서 이안이 처치해야 하는 기계 괴수는 분당 두 마리 이상이었고.

이런 조건이라면 이안 또한 쉽게만 생각할 수는 없었으니 말이었다.

빠각-

까아앙-!

-놈이 제단으로 가려 한다!

-어떻게든 놈을 막아!

하지만 결국 이안은 거의 10~15분 정도를 남긴 채로 퀘스트를 전부 클리어할 수 있었다.

만약 기계 괴수들 중에 피켄로 같은 보스급의 몬스터가 있었다면 더 고전했겠지만, 그저 100레벨 언저리의 평범한(?) 기계 괴수들을 상대하는 데에는 별다른 변수가 없었으니 말이다.

'심판의 번개'만 잘 활용해도, 머릿수 줄이는 것은 손쉬웠던 것.

오히려 이렇게 떼로 몰려든 기계 괴수들에게, 이안은 고마울 지경이었다.

그 덕분에 이번에 진화한 '마그리파'의 레벨을 순식간에 올릴 수 있었으니 말이었다.

–불의 최상급 정령 '마그리파'의 레벨이 상승하였습니다.

–'마그리파'의 레벨이 7레벨이 되었습니다.

–불의 최상급 정령 '마그리파'의 레벨이 상승하였습니다.

–'마그리파'의 레벨이 11레벨이 되었습니다.

–'마그리파'의 레벨이 13레벨이 되었습니다.

–'마그리파'의 레벨이 14레벨이 되었습니다.

……중략……

–'마그리파'의 레벨이 32레벨이 되었습니다.

1레벨이었던 마그리파의 레벨이 이 전투 한 번으로 32레벨까지 올라 버린 것이다.

'역시 저레벨 키우는 맛은 언제나 쏠쏠하단 말이지.'

하여 기분 좋게 기계 괴수들을 쓸어 담은 이안은 능숙하게 아이언의 등에서 뛰어내려 제단으로 올라섰다.

타탓-!

100분 내로 제단에 도착이라는 첫 번째 조건은 이제 충족하였지만, '제단의 시험'이라는 미지의 영역이 아직 남아 있었으니 말이다.

위이잉-!

-'정령의 제단'에 도착하였습니다.

-조건이 충족되었습니다.

-'불의 근원' 아이템과, '바람의 근원' 아이템을 제단에 올려놓으십시오.

시스템 메시지를 확인한 이안은 망설임 없이 인벤토리에서 두 속성의 근원을 꺼내어 들었다.

그리고 그것들을 조심스럽게, 제단에 올려놓았다.

'자, 이제 시험이라는 게…… 시작되려나?'

이어서 다음 순간.

우우웅-!

하얀 대리석으로 만들어져 있던 제단의 상단부에, 붉은 빛과 금빛 기운이 동시에 휘몰아치기 시작하였다.

카일란의 세계관에는 수많은 차원계가 존재한다.

특히 지상계의 경우 셀 수 없을 정도로 많은 차원들이 존재하는데, 그 차원 하나하나가 바로 카일란의 서버와 같은 개념이라 할 수 있었다.

국가별로 하나 이상 존재하는 그 서버 하나하나가, 각각 카일란의 지상계에 속해 있는 서로 다른 차원계였으니 말이다.

그리고 그 지상계의 차원계들에는 각각 해당 차원계를 관장하는 '신'이 존재한다.

카일란 한국 서버로 치자면, 전쟁의 신 마레스와 어둠의 신 카데스. 대지의 신 샌디애나와 바람의 신 미로, 태양의 신 헬레나 등이 바로 그들이라 할 수 있었다.

"재밌는 건, 서버별로 그 신들의 구성이 전부 다 다르다는 점이지."

"어떻게요?"

"예를 들어 한국 서버를 관장하는 신이 전쟁, 어둠, 대지, 바람, 태양……의 신이라면, 일본 서버를 관장하는 신은 태양, 빛, 바다, 달, 숲의 신이거든."

"엇, 정말요?"

기획 3팀의 신입 기획자 오주원은 최근 천당과 지옥을 오가는 다이나믹한 기분을 느끼고 있었다.

처음 꿈의 직장이나 다름없는 LB사로부터 합격 통보를 받았을 때는 천국의 구름을 밟는 기분이었지만, 입사 사흘 만에 이곳이 지옥임을 느끼고 있었으니 말이다.

'대체 이 미친 게임의 기획 초안은 최초에 누구 머리에서 튀어나온 걸까?'

심지어 아직 제대로 된 업무는 시작한 것도 아니었다.

출근을 시작한 뒤로 사흘 동안.

그는 아직도 게임의 세계관에 대한 공부(?)만 하고 있었으니 말이다.

그리고 그가 이렇게 열심히 공부하는 이유는 간단했다.

카일란의 모든 세계관에 통달하기 전에는 기획팀의 입사 시험(?)을 결코 통과할 수 없었고.

2주일 안에 입사 시험을 통과하지 못하면, 가차 없이 입사 취소를 시켜 버리는 곳이 바로 LB사의 기획 부서였으니 말이다.

'그냥 일을 시켜 줘…… 난 게임 회사에 공부하러 들어온 게 아니라고……!'

하지만 오주원의 이런 불만은 영원히 옹알이처럼 입안에서만 맴돌 뿐.

결코 입 밖으로 튀어나올 수 있는 성질의 것은 아니었다.

아무리 입사 과정이 고통스럽더라도, LB사가 업계 최고의 회사인 것만큼은 부정할 수 없는 사실이었으니 말이다.

특히나 기획자들이 이만큼이나 대우받는 회사는 업계 어디에도 찾아볼 수 없었으니까.

'후우…….'

그리고 그런 이유로, 주원은 지금 이 순간에도 선배 기획자의 강의(?)를 집중해서 듣고 있었다.

"카일란 게임 인트로를 자세히 봤다면 기억하겠지만, 카일란에는 총 열일곱 명의 각기 다른 권능을 가진 신들이 존재해."

"그건 알고 있어요."

"그리고 그중 다섯이, 고대 마계의 침공을 막기 위해 지상으로 내려왔다고 되어 있지."

"그것도 기억나요."

"그 다섯의 신들이, 서버마다 전부 다 다른 거야."

"아……?"

"물론 신들의 숫자에 비해 서버의 숫자가 많아서 겹치는 신들이 많을 수밖에 없지만, 그래도 현재 지상계를 관장하고 있는 신들이 완벽히 같은 구성으로 설정되어 있는 서버는 없다는 이야기지."

"재밌……네요."

"게다가 같은 태양의 신이라 해도 일본 서버와 한국 서버의 태양신은 다른 존재거든."

"헉, 그래요?"

"한국 서버를 관장하는 태양의 신은 헬레나. 일본 서버를 관장하는 태양의 신은 솔라리."

"……!"

"심지어 그냥 이름만 다른 게 아니야."

"그럼요?"

"NPC 세부 설정이나 각각 가지고 있는 사연도 다르고. 스텟도 하나하나 전부 다 다르거든."

여기까지 듣던 주원은, 순간 저도 모르게 육성을 내뱉고 말았다.

"미친……."

다행인 것은, 그의 욕지거리(?)를 들은 선배 기획자의 표정에 별반 변화가 없다는 정도.

그 또한 처음 입사할 때 전부 겪었던 과정이었기에, 주원을 이해하는 듯 보였다.

"물론 아직 그거까지 공부할 필요는 없어. 그 부분은 어차피, 신계가 본격적으로 열려야 유저들에게 공개될 부분이니 말이야."

"하…… 이 게임 기획자…… 진짜 미쳤네요."

"이제 너도 이 게임 기획자야, 인마."

"저도 곧 미칠 것 같아서 하는 말이에요, 선배."

"……."

서버별로 지상계를 관장하는 신들의 이름과 그들의 능력, 배경 스토리 등을 전부 공부해야 한다고 생각하니, 벌써부터 앞이 깜깜해지기 시작하는 주원.

'차라리 세계사 공부가 더 편하겠어…….'

그런 그를 향해, 선배 기획자의 말이 다시 이어졌다.

"너무 슬퍼하지 마, 주원."

"슬픈……거라기보단……."

"중간계부터는 외울 게 확 줄어드니 말이야."

"그거야 당연하겠죠. 중간계는 통합 서버니까요."

"그렇지."

오랜만에 아는 부분이 나오자, 주원은 기분이 살짝 좋아졌다.

"그 정도는 입사 전에도 미리 공부해서 알고 있다고요. 후훗."

하지만 그것도 잠시일 뿐, 그의 표정은 다시 굳을 수밖에 없었다.

선배의 다음 질문이, 무척이나 의미심장했으니 말이었다.

"그럼 혹시 그것도 알아?"

"뭐……요?"

불안한 표정의 주원을 향해, 잠시 뜸을 들이는 선배 기획자.

그의 입이 다시, 천천히 열리기 시작하였다.

"신들 사이에서도 각각 신격이 다 다르다는 사실 말이야."

"신격이라면…….."

"계급 같은 거지."

"설마…….."

좋지 않은 예감에, 말을 잇지 못하는 주원.

그런 그를 향해, 선배가 씨익 웃어 보이며 다시 말을 이었다.

"다 외우면 돼."

"……?"

"격이 완전히 같은 신은 아무도 없어. 왜냐면 해당 신이 관여하는 퀘스트를 유저가 얼마나 많이 클리어했느냐에 따라, 그 신의 신격이 결정되거든."

"그렇……군요."

"모든 서버의 성장 정도. 즉, 진행도는 완전히 제각각이니까. 격이 같은 신은 있을 수가 없겠지."

"하아…… 심지어 순위 변동도 일어나겠네요."

"빙고."

선배의 말을 듣던 주원은 이제 완전히 해탈한 표정이 되었다.

대체 이 게임은 어떻게 생겨 먹은 게임인지, 까도 까도 세부 설정이 끝이 없었으니 말이다.

하지만 그렇다고 해서 불만을 가질 명분도 없었다.

게임의 모든 설정과 세계관을, 기획자가 전부 알고 있어야 하는 것은 너무도 당연했으니 말이다.

'젠장, 이번 주말도 날밤 새워야겠네. 기왕 밤새우는 거, 회사에서 새울까? 야근 수당이라도 받아야지.'

그런데 선배의 이야기들을 복기하던 주원은, 문득 의문점 하나가 생길 수밖에 없었다.

뭔가 그의 말에서, 모순점을 발견했으니 말이다.

"선배, 궁금한게 하나 있는데요."

"말씀하시죠, 후배님."

"신들의 신격이, 각자 자신이 관여하는 퀘스트들을 유저들이 얼마나 클리어했느냐에 비례한다고 하셨잖아요?"

"그랬지."

"그럼 지상계의 신들보다, 중간계에 있는 신들의 신격이 더 낮은 건가요?"

"오호."

"말씀하신 대로라면 그럴 수밖에 없잖아요. 유저 숫자 차이가 최소 100배는 날 테니까요."

오주원의 이야기를 듣던 선배 기획자는 재밌다는 표정이 되었다.

신입 기획자치고 그의 질문이 무척이나 예리했으니 말이다.

탁자에 놓여 있던 찻잔을 한 차례 홀짝인 그가, 다시 천천히 입을 열었다.

"결론부터 말하면, 그건 아니야."

"그……래요?"

"중간계를 관장하는 신들."

"……?"

"그들은 카일란의 세계관상, 마치 공무원같은 존재들이거든."

"고, 공무원요……?"

이어서 어이없는 표정을 한 주원을 향해, 선배 기획자가 피식 웃으며 다시 말을 이었다.

"지상계를 관장하는 신들이 성과제로 선출된다면, 중간계의 신들은 철밥통이거든."

"켁."

"걔들은 무슨 짓을 하든, 항상 그 자리에서 같은 역할을 하도록 설계되어 있어. 특별히 큰 실수만 하지 않는다면 말이지."

그리고 그 이야기를 듣던 주원은, 저도 모르게 속마음을 이야기하고 말았다.

"부, 부럽다……."

타는 듯이 붉은 빛과 찬란한 금빛이 허공에서 휘감기자,

그것은 화려한 주홍빛의 소용돌이가 되어 제단 전체로 퍼져 나갔다.

그리고 그 빛줄기가 퍼져 나간 바로 그 자리에, 마치 섬전처럼 하얀 빛줄기가 떨어져 내렸다.

우우웅-!

이어서 다음 순간.

그 하얀 빛만큼이나 순백의 색을 띤 한 여인이 두둥실 제단 위에 떠올랐다.

마치 빛의 줄기들을 옷 대신 걸치고 있는 듯, 새하얀 광휘로 휩싸여 있는 여인.

-그대인가요?

"……?"

-나를 불러낸 이.

마치 반투명한 유령처럼 제단 위를 부유하는 여인은 이안이 지금껏 봐 왔던 그 어떤 존재보다도 훨씬 더 고고한 자태를 뽐내며 그를 내려다보고 있었다.

'제단의 시험이라는 걸…… 이 여자가 주는 건가?'

이안은 반사적으로 그녀의 머리 위를 살폈다.

그녀에 대한 조금의 정보라도 얻을 수 있을까 싶어서 말이다.

그리고 다음 순간, 이안은 적잖이 놀란 표정이 될 수밖에 없었다.

-정령의 신 네트라/Lv.???

　눈앞의 여인을 수식하는 수식어에, 무려 '신'이라는 단어
가 들어가 있었으니 말이었다.
　이안은 우선 침착한 표정으로, 천천히 입을 열기 시작하였
다.
　"저는 단지, 불과 바람의 근원을 제단에 바쳤을 뿐입니
다."
　하지만 이안은 곧 다시 말문이 막혀 버릴 수밖에 없었다.
　-어떤 이유에서죠?
　"……."
　정령의 신이, 생각지도 못했던 반문을 던졌으니 말이다.
　'아니, 퀘스트가 시킨 대로 한 걸, 왜 그랬냐고 물어보면
어떡해?'
　하지만 이 또한 퀘스트의 과정 중 하나라는 것을, 이안은
그 누구보다 잘 알고 있는 터.
　가까스로 침착함을 유지한 이안이 조심스레 다시 말을 이
어 갔다.
　"지금 정령계가 위기에 빠져 있습니다."
　-그렇군요.
　"……하여 이 정령계를 위기에서 구해 내려면, 모든 사대
부족의 힘을 규합해야 합니다."

－사대 부족이라면…… 사대 속성을 섬기는 모든 부족들을 의미함인 가요?

　"그렇습니다."

　네트라와 대화를 이어 가던 이안은 순간 알 수 없는 위화 감이 들기 시작했다.

　정령의 신이라면 당연히 정령계의 안위를 걱정해야 할 상 황이라고 생각했는데, 뭔가 네트라의 태도가 강 건너 불구경 하는 느낌이었으니 말이다.

　'뭐지? 혹시 이름만 정령의 신인 건가?'

　하지만 그것과 별개로 퀘스트는 진행되어야 했기에, 이안 은 노련하게 대화를 이어 가기 시작하였다.

　"불과 바람의 근원은, 각각 그 권능을 가지고 있다고 들었 습니다."

　－그렇습니다.

　"하여 이 권능으로…… 사대 속성의 부족들에게 소집령을 내리고자 합니다."

　－소집령이라…….

　"예, 정령의 신이시여."

　－불과 바람의 힘을 규합해 줄 정령왕이 없으니, 정령왕의 대리인이 대신 그 역할을 수행하려 하는 거로군요.

　"맞습니다……!"

　네트라에게 마지막 한마디까지 깔끔하게 전달한 이안은

스스로 무척이나 만족스런 표정이 되었다.

이안 자신이 생각하기에도, 군더더기 없이 훌륭하게 목적을 전달한 것 같았으니 말이다.

'좋아, 좋아!'

그리고 이안의 말이 끝난 순간.

그의 눈앞에 새로운 시스템 메시지가 떠올랐다.

띠링—!

–조건이 충족되었습니다.

–이제부터 '정령의 신 네트라'가 당신을 시험합니다.

'시험……?'

그리고 그와 동시에, 네트라의 입이 다시 열리기 시작하였다.

–그대의 뜻을 잘 알았습니다. 이안.

'뭐지? 신이라 그런가…… 이름도 바로 아네?'

–하지만 정령왕이 아닌 대리인의 자격으로 수행하기에는 '권능'이 가진 힘의 무게가 너무도 막중한 터.

"예, 네트라 님."

–내가 지금 마지막으로, 그대의 자격을 시험토록 하겠습니다.

"……!"

–지금부터 그대는 나의 질문에 답함에 있어 한 치의 거짓도, 오답도

이야기해서는 안 될 것입니다.

지금껏 아무런 감정도 떠올라 있지 않던 네트라의 얼굴에, 진중함이 떠올랐다.

그런 그녀를 응시하던 이안은 저도 모르게 마른침을 집어삼켰고, 이안과 눈이 마주친 그녀의 입이 천천히 떼어지기 시작하였다.

정령의 신 네트라

Taming Master

　–정령왕의 대리인이여…… 그대는 이 대자연의, 가장 중요한 가치가
뭐라고 생각하십니까?

　"예?"

　–첫째, 푸르른 아름다움.

　"……?"

　–둘째, 넘치는 생명력.

　"객……관식이었어요?"

　–셋째, 평화와 여유.

　"음……. "

　–정답은 존재하지 않습니다. 제가 말씀드린 모든 가치는 분명 대자연
이 가진 중요한 가치들이니까요.

"그……럼요?"

－다만 그대의 생각대로 솔직하게 선택해 주시면, 그것으로 족합니다.

이안은 고민에 빠졌다.

정령신의 시험이라기에 어떤 전투나 타임어택 미션 같은 것을 생각하고 있었는데.

지금 그의 눈앞에 떠오른 것은, 고등학생 때 이후로 풀어 본 역사가 없는 객관식 문제였으니 말이다.

조금 특이한 것은 '정답'이 존재하지 않는 객관식이라는 정도.

'정답이 없을지언정 오답은 분명 있을 텐데…….'

이안은 빠르게 머리를 굴리기 시작하였다.

답이 정해져 있는 문제가 아니라면, 그가 생각해야 할 것은 하나뿐이리라.

'저 NPC의 마음에 드는 답을 주면, 그게 곧 정답이겠지.'

객관식 문제이기는 하지만, NPC와 친밀도를 올린다는 마인드로 접근하면 된다고 생각한 것.

하여 이안은 답을 하는 대신 슬쩍 그녀의 의중을 떠보기로 했다.

이 문제의 답을 떠보려는 것은 당연히 아니었다.

아무리 NPC의 AI라 해도, 그 정도까지 단순하게 당해 주지는 않을 테니까.

다만 그녀와 대화하면서 생겼던 한 가지 의문점을 풀고,

그와 동시에 그녀의 심리 상태(?)를 알아보기 위함이었다.

'뭐라도 대화를 하다 보면, 답을 찾을 수 있겠지.'

하지만 네트라와의 대화를 시작한 뒤 얼마 지나지 않아, 이안의 머릿속은 더욱 혼란에 빠질 수밖에 없었다.

그녀와의 대화는, 점점 더 산으로 가기 시작했으니 말이었다.

"네트라 님."

-말씀하세요, 대리인이여.

"신께서는 혹시, 제가 이곳에 오기 전까지…… 정령계가 위험하다는 사실을 모르고 계셨던 겁니까?"

-네, 맞아요.

"어…… 저, 정말요?"

-제가 왜 그러한 사실을 당연히 알고 있었을 거라고 생각하시는 거죠?

"그야 당연히, 정령계를 관장하시는 정령의 신이시니까……."

이안의 동공은 흔들리기 시작하였다.

'얘 뭐지?'

지금껏 이런 종류의 NPC는 이안조차도 처음 보는 타입이었으니 말이다.

하지만 그것과 별개로, 그녀의 말은 계속해서 이어졌다.

-신은 차원계에서 생기는 일에 직접적으로 관여할 수 없답니다.

"그런데요?"

-제가 미리 알고 있다고 해도, 별로 달라질 건 없다는 말이지요.

"……?"

-즉, 제 일이 아니란 얘깁니다.

"켁?"

이안은 어이없는 표정이 되었다.

'뭐 신이 이래?'

물론 신이 차원계에 관여할 수 없다는 사실은 이안도 이미 알고 있던 사실이었다.

마계 대전의 콘텐츠를 주도적으로 진행하면서, NPC들로부터 여러 번 들었던 이야기니 말이다.

하지만 인간계를 관장하던 다섯 신들은 적어도 이런 태도(?)는 아니었다.

그들은 자신이 직접 할 수 없다면 대리인을 통해서라도, 어떻게든 차원계를 지켜 내려 노력했었으니 말이다.

유저들에게 주는 퀘스트들이 다 그런 맥락이었으니까.

'신박한 콘셉트네.'

그런 지상계의 신들과 비교하면, 눈앞의 네트라는 거의 직무유기 수준으로 보였던 것.

그 때문에 이안은 저도 모르게 다시 반문하였다.

정말 순수한(?) 궁금증으로 말이다.

"그럼 네트라 님의 일은 어떤 건가요?"

―제 일…… 말입니까?

"네. 정령계의 위기도 네트라 님의 일과 연관이 없다 면…… 어떤 것이 네트라 님의 일인지 궁금해서요."

무표정했던 네트라의 얼굴에 조금씩 '감정'이라는 것이 떠오르기 시작하였다.

그리고 이안의 눈에 비친 그 감정은 분명 '귀찮음'과 비슷한 성질의 것이었다.

―그것이 제 일이 아닌 것은 맞지만, 제 일과 관련이 없는 것은 아닙니다. 아니, 방금 관련이 생긴 셈이지요.

"……?"

―그대가 이렇게 내게 찾아와, 그것과 관련된 일을 제게 주었으니까요.

"그게 무슨……?"

잠시 뜸을 들인 네트라가, 다시 입을 열기 시작했다.

―제 일이라…… 그것의 정의는 간단히 내릴 수 있겠네요.

"……?"

―기도나 신단을 통해 이뤄지는 정령계의 모든 민원들.

"미, 민원요?"

―그것들을 들어주거나 해결해 주는 것……이랄까요?

"컥."

―뭐, 근원의 권능을 사용할 수 있게 해 달라는 당신의 민원이라든가, 방금 전까지 제게 기도했던 정령들의 작은 고민들이라든가…… 이런 것

들을 들어주는 것이 제 일이라고 할 수 있죠.

"일이…… 많으시네요."

-그렇죠. 아주 많죠.

"……."

-그러니 빨리 제 질문에 답해 주셨으면 합니다만?

그리고 조금 날카로워진 듯한 네트라의 말투에, 이안은 움찔할 수밖에 없었다.

'이건 마치…….'

정확히 어떻게 형용하기는 힘들지만, 빨리 대답하고 자리를 비켜 줘야 할 것만 같은 이 기분!

언어 자체는 친절하지만, 가시방석에 올라선 것만 같은 이 불편한 기분이 이안은 왠지 낯설지 않았다.

'동사무소에 온 것만 같아…….'

1년 전쯤 하린과 함께 살 새 아파트를 계약하고 전입신고를 위해 동사무소에 갔을 때, 정확히 이 기분을 느꼈던 것 같았으니 말이었다.

그리고 여기까지 생각이 미치자, 이안은 네트라의 외모에서 보이지 않던 부분들이 조금씩 보이기 시작하였다.

'저 미묘하게 찌들어 있는 표정. 만사가 귀찮은 듯한 눈빛…….'

덕분에 이안은, 그녀가 원하는 것이 무엇일지, 확실하게 알 수 있었다.

'그래. 대충 어떤 답을 주면 될지 알 수 있겠군.'

이어서 이안의 입이 다시 천천히 떼어졌다.

그의 말투는 이전과 달리 확신에 가득 차 있었다.

"알겠습니다, 네트라 님. 시간 끌어서 죄송합니다."

ㅡ뭐, 죄송할 것까지야⋯⋯.

"첫 번째 질문에 대한⋯⋯ 답을 드리도록 하지요."

ㅡ좋습니다.

"제가 생각하는 대자연의 가장 중요한 가치는 바로 평화와 여유로움입니다."

그리고 이안의 대답을 들은 네트라의 표정에, 은은하고 희미한 미소가 퍼지기 시작하였다.

ㅡ평화와 여유⋯⋯ 그것은 정말로 중요한 가치죠. 좋습니다. 그럼 다음 질문을 하도록 하죠.

조금 더 부드러워진 말투로, 네트라가 다시 입을 열었다.

ㅡ두 번째 질문입니다.

"경청하겠습니다."

ㅡ정령왕의 대리인이여⋯⋯ 그대는 정령과 정령술사의 가장 이상적인 관계를 뭐라고 생각하십니까?

"이번에도 선택지는 있겠지요?"

ㅡ물론입니다.

네트라는 잠시 뜸을 들인 뒤 천천히 말하였다.

ㅡ첫째. 주종 관계.

─둘째. 절친한 벗.

─셋째. 부모와 자식.

선택지를 전부 들은 이안은 잠시 고민에 빠졌다.

'흠, 가장 노멀한 답변은 두 번째 선택지일 것 같긴 한데…….'

이 문제는 오히려 첫 번째 질문보다 답을 고르기 쉬웠지만, 네트라의 성향을 알고 나니 그 어떤 선택지도 마음에 들지 않았던 것이다.

하여 이안은, 조금 엉뚱한 생각을 떠올렸다.

'어차피 답이 정해진 문제가 아니라면…….'

네트라의 질문에 대한 접근법을 완전히 다르게 생각키로 한 것이다.

"네트라 님."

─말씀하세요.

"꼭 저 선택지 중에서만 골라야 하는 겁니까?"

─어째서 그것이 궁금하시죠?

마른침을 한 차례 꿀꺽 삼킨 이안이, 진지한 표정으로 다시 입을 열었다.

"저는 저 세 가지의 선택지와 생각이 다르기 때문입니다."

─네……?

"제 생각을 말씀드려도 되겠습니까?"

─하, 한번 들어나 보지요.

이번엔 역으로 당황했는지, 어리둥절한 표정이 된 네트라.

그런 그녀를 향해, 이안이 조심스레 말을 꺼내었다.

"정령과 정령술사의 이상적인 관계…… 그것은 고용인과 고용주의 관계라고 할 수 있습니다."

-……!

"정확히 보상한 만큼만 시키고, 받은 만큼만 일하는 관계."

-그, 그런!

"마치 이런 겁니다."

-……?

"제 소환수 뿍뿍이는 미트볼 한 알당 정확히 50칼로리만큼만 일하거든요."

이안은 옆에 가만히 서 있던 뿍뿍이를 향해 슬쩍 눈치를 주었고, 제법 눈치가 빨라진 뿍뿍이는 곧바로 고개를 끄덕이며 이안의 말에 호응하였다.

"뿍, 뿌뿍! 그렇뿍!"

"이것이야말로 가장 이상적인, 정령과 정령술사의 관계 아니겠습니까."

이안의 말이 끝나자, 그와 네트라의 사이에는 잠시 정적이 흘렀다.

하지만 이안은 확실히 알 수 있었다.

'먹혔다!'

지금 네트라의 두 동공은, 분명 가늘게 흔들리고 있었으니 말이다.

물론 거짓된 답변(?)을 강요받은 뿍뿍이는 조금 심기가 불편해 보였지만, 그 정도는 보상으로 해결해 주면 될 일.

이안은 확신에 찬 표정으로 네트라의 말을 기다렸고, 잠시 후 그녀의 목소리가 다시 이어졌다.

-이것은…… 확실히 정령과 정령술사의 관계론에 대한 새로운 접근법이군요.

"그렇습니까?"

-하지만 무척이나 이상적이에요.

"당연하죠."

-좋습니다! 그대의 답변. 받아들이도록 하지요.

그리고 그와 동시에.

이안이 기대하고 있던 시스템 메시지가, 그의 눈앞에 스륵 떠올랐다.

띠링-!

-당신의 답변에 정령의 신 네트라가 만족합니다.
-정령의 신 '네트라'와의 친밀도가 2만큼 상승하였습니다.

이어서 네트라의 질문이 또다시 이어졌다.

-그럼 이제 그대의 자격을 확인하기 위한…… 마지막 질문을 드리도

록 하겠습니다.

"말씀하세요, 네트라 님."

이안과 네트라의 시선이 허공에서 마주쳤다.

그리고 네트라의 눈빛에서, 이안은 이제 확실한 따뜻함(?)을 느낄 수 있었다.

─정령왕의 대리인이여…… 그대는 정령술사가 정령에게 요구해서는 안 될 일이 뭐라고 생각하십니까?

네트라의 질문을 들은 이안은 그녀의 선택지를 기다리는 척하며 또다시 빠르게 머리를 굴렸다.

그리고 그가 생각하는 동안 네트라는 다시 세 가지의 선택지를 이야기하기 시작하였다.

─첫째, 자연을 해치는 일.

─둘째, 평화를 해치는 일.

하지만 그녀의 말은, 끝까지 이어질 수 없었다.

─셋째…….

네트라가 세 번째 선택지를 말하기도 전.

이안이 완벽한(?) 답을 내놓았으니 말이었다.

"초과근무."

─……?

"정령술사가 정령에게, 절대로 요구해서는 안 될 일. 그것은 바로 초과근무입니다."

─그런……!

"그것이야말로 자연을 해치는 일임과 동시에, 평화를 해치는 일이기 때문이지요."

이안의 마지막 답을 들은 네트라는, 순간 말을 잃고 말았다.

지금껏 억겁의 세월 동안 같은 자리를 지키며 민원을 받아 왔지만, 이런 이상적인 민원인(?)은 처음이었으니 말이다.

–이안. 진리에 도달한 자여…….

급기야 감격으로 인한 것인지, 말을 잇지 못하는 네트라.

그런 그녀의 말 대신, 이안의 눈앞에 새로운 시스템 메시지가 떠오르기 시작하였다.

띠링–!

–당신의 답변에, 정령의 신 네트라가 만족합니다.

–정령의 신 '네트라'와의 친밀도가 추가로 10만큼 상승하였습니다.

–조건이 충족되었습니다!

–정령의 신 '네트라'의 시험을 성공적으로 통과하였습니다!

이어서 정령의 제단에 올려져 있던 불과 대지의 근원이 다시 하얀 빛에 휘감기기 시작하였다.

이안이 네트라의 시험을 통과함으로서 얻은 것.

그것은 한마디로 '자격'이었다.

불의 근원과 바람의 근원을 사용하여, 각 속성의 '권능'을 발현할 수 있는 자격.

그 때문에 제단에 올려져 있던 두 속성의 근원은, 이안의 의지에 의해 그 권능이 발현되기 시작했다고 할 수 있었다.

–조건이 충족되었습니다.

–'불의 권능'이 발현됩니다.

–'불' 속성을 근간으로 하는 모든 정령계의 종족들에게 '소집령'을 발동합니다.

–근원의 권능으로 발현된 소집령은 거역할 수 없습니다.

–모든 불의 종족들이 소집령에 응합니다.

–조건이 충족되었습니다.

–'바람의 권능'이 발현됩니다.

–'바람' 속성을 근간으로 하는 모든 정령계의 종족들에게 '소집령'을 발동합니다.

–근원의 권능으로 발현된 소집령은 거역할 수 없습니다.

–모든 바람의 종족들이 소집령에 응합니다.

……후략…….

이안은 눈앞에 주르륵 떠오르는 시스템 메시지들을 확인하며, 기분 좋은 표정이 되었다.

조금 색다른(?) 방식의 퀘스트이기는 했지만, 덕분에 시간을 많이 아낀 셈이 되었으니 말이다.

'제단의 시험이 생각보다 빨리 끝났으니, 물의 부족들을 찾으러 다니는 데에 상대적으로 부담이 줄겠어.'

그리고 메시지를 확인하며 생각을 정리하는 이안의 귀에, 네트라의 목소리가 다시 들려왔다.

─이안, 정령왕의 대리인이여.

"말씀하세요, 네트라 님."

─올곧은 영격靈格을 가진 그대라면, 분명 이 정령계를 위기에서 구해낼 수 있을 겁니다.

종전과는 확연히 달라진 호의적인 네트라의 목소리를 들은 이안이 씨익 웃으며 답하였다.

"네트라 님께서도 좀 도와주시죠."

─그것은 초과근무…….

"에이, 아니죠."

─음?

"제가 정령계의 위기를 해결한다면, 정령계의 민원이 절반 이하로 줄어들지 않을까요?"

─앗……!

"이건 초과근무라기보다는 미래를 위한 투자 같은 겁니다."

─으음…… 그렇게 생각할 수도 있겠군요.

이어서 둘의 대화가 잠시 이어진 사이, 퀘스트의 종료와 연계 퀘스트의 발생을 알리는 시스템 메시지가 떠올랐다.

띠링—!

-'트로웰의 지원 요청(에픽)(연계)' 퀘스트를 성공적으로 클리어하셨습니다!

-명성(초월)이 10만만큼 증가합니다!

-'물의 부족을 찾아서(에픽)(연계)' 퀘스트가 발생되었습니다.

그리고 그 메시지를 확인한 이안이 재빨리 네트라를 향해 다시 입을 열었다.

"어차피 네트라 님께서 직접적인 영향력을 행사할 수 없다는 사실은 알고 있습니다."

-그렇지요.

"하지만 제가 '물의 부족'들을 찾는 것 정도는 조금 도움을 주실 수도 있지 않겠습니까?"

이미 퀘스트의 전개가 어찌 흘러갈지 알고 있었던 이안은, 네트라에게 뭔가 더 뽑아먹을 게 없을지 처음부터 고민하고 있었던 것이다.

-으음…….

이안은 살짝 고민에 빠진 네트라를 야금야금 구슬리기 시작하였다.

"부족들의 위치 정도만 알려 주신다면, 나머지는 제가 알아서 하겠습니다."

─……!

"이 정도면 미래의 쾌적한 업무 환경을 위해, 투자해 보실 만하지 않겠습니까?"

연계 퀘스트 하나를 거의 날로 먹겠다는 도둑놈 심보를, 그럴싸하게 포장하여 제안하는 이안!

그리고 그러한 이안의 제안은 절반 정도만 먹혀 들어갔다.

─좋습니다, 이안.

"……!"

─그럼 제가 한 가지 도움을 드리도록 하지요.

"감사합니다……!"

─단, 부족들의 위치를 알려 드리는 것은 불가능합니다.

"아, 네트라 님도 모르시는 건가요?"

─그건 아닙니다. 이 정령계 안에 제가 모르는 것은 거의 존재치 않지요.

"그렇다면……?"

─다만 아무리 신이라 해도, 그들의 개인 정보를 동의 없이 유출할 수는 없을 뿐입니다.

"……"

살짝 당황한 표정의 이안을 잠시 응시한 네트라가, 다시 말을 이었다.

─대신, 제가 가지고 있던 작은 나침반 하나를 드리지요.

"나침반요……?"

이어서 이안의 눈앞에, 새로운 시스템 메시지가 떠올랐다.

띠링-!

-'물의 나침반(전설)(초월)' 아이템을 획득하였습니다.

그리고 그와 거의 동시에, 이안의 눈앞에 작고 낡은 나침반 하나가 모습을 드러내었다.

이안이 그것을 조심스레 집어 들자, 네트라가 다시 말을 이었다.

-저는 단지 제게 필요 없는 물건을 하나 선물로 드렸을 뿐입니다.

"……!"

-그것을 이용해 물의 부족들을 찾는 것은 그대의 자유겠지요.

네트라의 말을 들은 이안은 재빨리 나침반의 정보를 확인해 보았다.

물의 나침반

분류 : 잡화
등급 : 전설(초월)
순수한 물의 힘이 담겨 있는 낡은 나침반입니다. 가장 순수한 물의 힘이 있는 곳을 가리키는 물건이라고 전해지지만, 그 정확한 용도는 알려지지 않았습니다. '정령의 힘'을 가지지 못한 자는 나침반을 사용할 수 없습니다.

이어서 이안은 두 눈을 반짝이며, 네트라를 향해 꾸벅 고개를 숙였다.

"정말 감사합니다, 네트라 님! 이것이라면 많은 도움이 될 것 같아요."

물론 아예 부족들의 좌표를 찍어 주는 것보다야 아쉬울 수밖에 없겠지만.

그렇다 해도 이 나침반의 존재는 퀘스트에 필요한 시간을 절반 이하로 단축시켜 줄 테니 말이었다.

하지만 네트라의 가장 큰 선물은 이 나침반이 아니었다.

-별말씀을요. 이안. 그대의 앞길에 축복이 깃들기를…….

띠링-!

작별 인사를 하는 네트라의 주변으로, 새하얀 광휘가 뿜어 나와 이안을 감싸기 시작했으니 말이다.

-정령의 신 '네트라'와의 친밀도를 일정 이상 달성하셨습니다.

-조건이 충족되었습니다.

-정령의 신 '네트라'의 축복을 받았습니다.

-신의 축복 효과, '네트라의 축복'이 10일 동안 지속됩니다.

-이제부터 '축복'의 효과가 지속되는 동안, 소환한 모든 정령의 정령력이 모든 종류의 전투에서 2배만큼 획득됩니다.(잡화 아이템을 통한 정령력 상승은 제외)

　-이제부터 '축복'의 효과가 지속되는 동안, 정령과 정령술로 인한 마력 소모가 절반으로 줄어듭니다.

　-이제부터 '축복'의 효과가 지속되는 동안, '정령술'의 숙련도가 1.5배만큼 빠르게 증가합니다.

　……후략…….

　마계대전쟁 이후 이안조차도 한 번도 경험해 본 적 없는 신의 축복.

　네트라가 그것을 이안에게 선물해 준 것이다.

　심지어 마그리파를 정령왕으로 진화시켜야 하는 이 시점에 가장 필요한 버프로 말이었다.

　'크……! 미친!'

　네트라의 선물에 감동한 이안은 다시 감사 인사를 하려 하였다.

　하지만 이미 네트라의 신형은 하얀 빛무리 속으로 사라진 뒤였고, 때문에 인사는 다음으로 미뤄야 했다.

　'과로의 여신…… 생각했던 것보다 훨씬 더 좋은 녀석이었잖아?'

　더 없이 만족스런 기분이 된 이안은 곧바로 나침판을 꺼내

들었다.

　이어서 이안의 손에 닿은 나침반은 어딘가를 가리키기 시
작하였고.

　우우웅—!

　이안은 지체 없이 나침반이 가리키는 방향을 향해, 빠르게
이동하기 시작하였다.

　이안이 새로이 얻은 연계 퀘스트는 결국 트로웰이 준 '지
원 요청' 퀘스트의 연장선상에 있는 것이었다.

　불과 바람의 부족들에게는 권능을 이용해 소집령을 내렸
다면, 물의 부족들에게는 직접 찾아가는 방식으로 소집령을
내리는 것이니 말이다.

　하여 퀘스트의 내용은 무척이나 간단하였다.

　비터스텔라의 어딘가에 자리하고 있는 세 곳의 '물의 부족'
들.

　그들을 찾아 트로웰의 뜻을 전하고, 소집령에 대한 수락을
받아 내면 끝나는 것이니 말이다.

　다만 그 내용이 간단한 것과, 퀘스트의 난이도, 그리고 클
리어에 걸리는 시간.

　이 세 가지의 요소는 항상 정비례하지 않는다는 것이 문제

라면 문제였다.

이안이 첫 번째 물의 부족을 찾는 데까지 걸린 시간은 무려 6시간이 넘는 긴 시간이었으니 말이었다.

"와, 진짜…… 나침반 없었으면 어쩔 뻔했어?"

"뿍, 저기가 확실하냐뿍."

옆에 있던 뿍뿍이의 물음에, 이안이 고개를 끄덕이며 답하였다.

"이번엔 확실해. 여기가 아니라면, 이 근방에서는 이제 뒤져 볼 곳도 더 없으니 말이야."

이안 일행이 도착한 곳은 비터스텔라의 최북단에 있는 샤이야 산맥이었다.

그리고 그 북방의 산맥 안에서도 최북단의, 이안조차도 와 본 적 없는 미개척 지역이었다.

'저 계곡 안쪽일 거야. 이 바위 협곡만 지나면……!'

네트라에게 받은 물의 나침반은 항상 정상적으로(?) 작동하고 있었지만, 그렇다 해서 나침반이 만능은 아니었다.

결국 물의 나침반이 가리키는 곳은 가장 강력한 물의 힘이 느껴지는 위치였는데, 그것이 꼭 '물의 부족'이라는 법은 없었으니 말이다.

물 속성을 가진 강력한 몬스터라든가, 혹은 물의 원석이 많이 매립되어 있는 광맥이라든가.

'물의 힘'이라는 목적물에는 너무 많은 변수가 존재했던 것이다.

'그래도 방향 자체가 틀렸을 리는 없어. 결국 물의 힘이 강한 존재들은 비슷한 위치에 모여 있을 테니까.'

이안은 지금껏 자신의 경험을 떠올려 보며, 천천히 고개를 끄덕였다.

대지의 요람부터 시작해서 모든 대지의 부족이 대지의 요람을 중심으로 모여 있던 것처럼, 다른 속성들도 마찬가지일 것이라 추측한 것이다.

거기에 네트라가 이안을 돕기 위해 준 아이템이 바로 이 물의 나침반이라는 사실까지 엮어서 생각해 본다면, 이안은 자신의 추측이 틀릴 리 없다고 생각하였다.

'네트라가 일부러 날 엿 먹이려 한 게 아니라면 말이지.'

하지만 그 이안의 확신은 잠시 후 흔들릴 수밖에 없게 되었다.

"……?"

모든 변수를 제거하고 도착했다 생각했던 최종 위치에, 기대했던 '물의 부족'은커녕 아무것도 보이지 않았으니 말이었다.

"뿍! 이게 뭐냐, 주인아! 여긴 그냥 빙판밖에 없는 것 같뿍!"

협곡을 돌아 들어가자 눈앞에 펼쳐진 널따란 얼음의 대지에는, 뿍뿍이의 말처럼 얼음으로 꽁꽁 얼어 버린 호수밖에 없었던 것이다.

'뭐, 뭐지? 나침반이 오작동이라도 한 건가?'

당황한 이안의 동공이 가늘게 떨리기 시작하였다.

지금까지는 그래도 나침반을 따라갈 때마다 뭐라도 있었던 것을 생각하면, 눈앞에 펼쳐진 공터는 그야말로 충격적이었으니 말이다.

게다가 더 황당한 것은 물의 나침반의 바늘이 정처 없이 빙글빙글 돌기 시작했다는 점.

"고, 고장인가?"

당황하여 나침반을 이리저리 살피는 이안과, 그 옆에서 심드렁한 표정으로 주저앉은 뿍뿍이.

"춥다뿍. 그냥 돌아가면 안 되냐뿍."

"시끄러, 인마. 형 지금 진지한 거 안 보이냐?"

하지만 상황은 거기서 끝이 아니었다.

이안과 뿍뿍이가 실랑이를 벌이고 있던 바로 그때.

뭔가 서늘하고 사나운 기운이, 이안의 기감에 느껴졌으니 말이었다.

"......!"

하여 이안은 거의 반사적으로 자세를 낮춰 빙판에 주저앉았고, 이어서 주저앉은 이안의 머리 위로, 시퍼런 한기를 품은 화살이 빠르게 스쳐 지나갔다.

쐐애액-!

화살이라기에는 조금 더 굵직하고 커다란, 얼음으로 만들어진 의문의 투사체.

"⋯⋯!"

하지만 기습을 당했음에도 불구하고, 이안의 표정은 오히려 밝아졌다.

'역시, 맞았어!'

지금 그에게 화살을 쏘아 보낸 의문의 존재가, 분명 물의 부족일 것이라고 직감했으니 말이다.

그러나 이번에도 이안의 추측은 절반만 맞아떨어지는 것이었다.

-재밌는 녀석이군. 너도 아쿠스 일족의 잔당인가.

"⋯⋯?"

이안에게 활을 쏘아 보낸 그 존재는, 물의 부족과 '연관'은 있을지언정, 물의 부족은 아니었으니 말이었다.

'아쿠스⋯⋯? 아쿠스라고?'

의문의 목소리를 들은 이안은 순간 등줄기를 타고 식은땀이 흐르는 것을 느꼈다.

'아쿠스 일족의 잔당'이라는 표현을 사용하는 것으로 미루어 봤을 때, 화살을 쏘아 보낸 녀석이 무척이나 위험할 확률이 높았으니 말이다.

아쿠스는 이안이 찾고 있던 물의 부족들 중 한 곳의 이름이었는데, 녀석은 그 아쿠스와 분명한 적대 관계처럼 보였으니까.

'잔당이라는 단어가 나오는 걸 보면…… 아쿠스가 패주敗走 했다는 말인 것 같은데?'

사대 속성의 부족들은 강력한 힘을 가지고 있다.

그리고 대지의 부족들을 직접 경험해 본 이안이야말로, 그 강함을 가장 잘 알고 있는 유저라고 할 수 있었다.

'모르긴 모르지만 그락투스나 셀라무스…… 그들과 비슷한 힘을 가진 부족일 텐데…….'

그 때문에 그런 사대 속성의 부족을 패주시킬 정도라면, 적어도 그들 이상의 힘을 가진 세력일 터.

이안이 긴장한 것은 너무도 당연한 일이라 할 수 있었다.

'기계문명일까? 아니야. 목소리에 기계음이 전혀 느껴지지 않았어.'

이안은 침착하게 고개를 두리번거리며 목소리의 주인공을 찾기 시작하였다.

그리고 곧, 자신을 향해 다시 활을 겨냥하고 있는 의문의 그림자를 발견할 수 있었다.

피핑- 핑-!

"주인, 위험하다뿍!"

뿍뿍이의 외침과 거의 동시에, 이안을 향해 또다시 쇄도하는 날카로운 얼음 화살.

하지만 완전히 무방비 상태에서도 공격을 피해 낸 이안이 같은 공격에 당해 줄 리는 만무하였다.

타탓-!

화살은 그 투사체의 속도가 무척이나 빠른 편이었지만, 타격 범위가 넓은 것은 아니기 때문에 간결한 움직임으로도 피해낼 수 있었으니까.

쉬익- 퍽-!

이어서 바닥에 틀어박히는 화살을 슬쩍 확인한 이안은, 조금 여유를 찾았는지 눈빛을 반짝였다.

'타격 지점을 중심으로 냉기가 퍼지는 화살이라…… 마법사들의 아이스 애로랑은 또 좀 다른 느낌인데.'

미지의 적에 대한 정리가 머릿속에 어느 정도 완료되자, 그들이 사용하는 새로운 종류의 고유 능력에 흥미가 동하는 이안.

그런 그의 주변으로, 또 다른 그림자들이 하나둘 모습을 드러내기 시작하였다.

저벅- 저벅-.

다행인 부분은 이안의 위치가 협곡의 초입부였고, 덕분에 적들에게 포위되진 않았다는 점이었다.

그리고 녀석들과의 거리가 좀 더 가까워지자, 이안은 그들의 구체적인 인상착의를 확인할 수 있었다.

'뭐지? 수인에 가까운 녀석들이잖아?'

적들의 생김새를 확인하자, 이안은 더욱 흥미로운 표정이 되었다.

녀석들의 외모는 지금껏 전혀 알려지지 않은 것은 물론, 이안조차도 처음 보는 종류의 것이었으니 말이다.

'어인漁人이라고 해야 하나? 흠, 저건 갈퀴라기보단 돌기나 뿔 같기도 하고.'

이어서 이안이 이런저런 생각을 떠올리는 사이, 의문의 종족과의 거리는 더욱 좁혀졌고.

그들의 우두머리인 듯 보이는 녀석이 천천히 이안의 앞으로 다가왔다.

─정령술사가 아니었나? 생각보다 민첩하군.

"흠, 정령술사는 민첩하면 안 된다는 법이라도……?"

─지금까지 내가 만났던 정령술사들은 하나같이 마법사 놈들처럼 느려 터졌었거든.

"뭐, 그럴 수도 있겠군."

우두머리와 거의 3미터 정도의 간격만을 두고 마주한 이안은 생각보다 커다란 녀석의 덩치에 살짝 놀랐다.

'멀리서 봤을 땐 인간이랑 비슷한 줄 알았는데…….'

녀석은 키만 하더라도 이안보다 두 배 정도 거대했으니 말이었다.

다만 전체적인 비율은 인간과 비슷한 느낌을 가지고 있었는데, 특이한 점은 피부의 일부분이 비늘로 덮여 있다는 것이었다.

그리고 한 가지 더.

녀석의 머리 위에 떠올라 있는 데이터 박스는 이안을 한 번 더 놀라게 만들었다.

-드라토쿠스(천룡)/Lv.135(초월)

그 안에는 이안이 전혀 예상치 못했던 내용이 포함되어 있었으니 말이다.

'천룡? 천룡이라고……?'

무척이나 오랜만에 이안의 눈앞에 나타난 천룡이라는 단어.

이것은 이안을 혼란에 빠뜨리기에 충분한 것이었다.

'천룡'의 정의는 다음과 같다.

천신의 인정을 받아 갇혀 있던 영혼의 제약이 풀려, 진정한 용의 힘을 사용할 수 있게 된 드래곤, 혹은 용족.

그리고 이 천룡이라는 한 단어로 인해 이안이 가장 먼저 깨달을 수 있는 사실은 이 의문의 녀석들이 '정령계'가 아닌 '용천'의 존재들이라는 것이었다.

그에 더해 '수인'인 줄 알았던 이들의 종족이 '용족'이라는 사실도 말이다.

'용족이 대체 왜 여기에 있는 거지?'

물론 이안이 놀란 것은 천룡이라는 존재가 위협적이기 때문이 아니었다.

처음 이안이 천룡을 만났을 때와 지금은 완전히 상황이 달랐으니 말이다.

처음 천룡 드라코우를 만났을 때의 이안은 중간자의 위격조차 얻지 못했던 새내기 초월자였지만, 지금은 무려 초월 90레벨 후반의 강력한 중간자였고, 반대로 초월 150레벨 이상의 NPC들도 여럿 격파해 보았으니까.

다만 이 정령계의 에피소드가 용천과도 이어져 있다는 사실이 놀라운 것이라 할 수 있었다.

-묻겠다. 네놈은 뭔가?

낮고 칼칼한 드라토쿠스의 목소리에 이안은 상념에서 깨어났다.

"그건 왜 묻지?"

-그대가 만일 아쿠스 일족의 소속이라면, 이 자리에서 죽여야 하니까.

"……!"

-대답하라.

이안의 머리는 또다시 빠르게 회전하였다.

'일단 지금의 상황은 생각보다 나쁘지 않은데…….'

만약 녀석들이 다짜고짜 싸움을 걸었다 해도 지지 않을 자신은 있었지만, 이렇게 대화를 할 수 있는 구도로 흘러가는 것이 이안으로서는 여러모로 더 좋았다.

아직 개척되지 않은 에픽 퀘스트를 진행하는 유저에게 가장 중요한 것은, 항상 '정보'였으니 말이다.

'일단 용족이 왜 여기에 있는지부터가 궁금한데…….'

하여 이안은 슬슬 밑밥을 깔기 시작하였다.

녀석들의 정보를 빼 내기 위한 밑밥 말이다.

"일단 난 아쿠스 일족이 아니다."

ㅡ흠, 역시 그런가?

"다만 그들을 찾아왔을 뿐이지."

상대의 궁금증을 유발시켜 그에 대한 답을 가지고, 정보의 거래를 유도해 보려는 것.

하지만 이안의 의도는 처음부터 틀어지기 시작하였다.

ㅡ그렇군.

"……?"

아쿠스 일족을 찾아왔다는 떡밥을 던지면 당연히 녀석들이 궁금해할 것이라 생각했는데, 반응이 밋밋하다 못해 완전히 무관심한 수준이었으니 말이었다.

"안 궁금해?"

ㅡ뭐가 말이냐.

"너네 아쿠스 부족이랑 싸운 거 아니야?"

-그렇다.

완전히 의외의 반응에, 순간 멍한 표정이 되어 버린 이안.

"그런데 아쿠스를 찾아온 내가 안 궁금할 수가 있어?"

-그럴 수 있다.

"헐……?"

하지만 잠시 후, 이안은 이들의 반응이 어째서 이런 것인지 금방 알 수 있었다.

'드라토쿠스'의 대답이 거기서 끝이 아니었으니 말이다.

-우리는 단지 '의뢰'를 받고 움직였을 뿐.

"의뢰?"

-아쿠스 부족의 구성원이 아닌 자는 의뢰에 포함되어 있지 않다.

"아……?"

-네가 그들을 찾으러 왔든, 이 빙판에서 얼음낚시를 하러 왔든. 우리랑은 관계없는 얘기라는 말이지.

그리고 그제야 이들의 반응이 이해된 이안은 고개를 주억거리며 투덜거렸다.

"야 씨, 타깃 확인도 안 하고 활질 하면 어떡해? 내가 못 피해서 죽어 버렸으면 너무 억울할 뻔했잖아."

-그 또한 우리랑은 관계없는 이야기다.

"……인정머리 없는 놈들."

이안을 향해 말을 마친 드라토쿠스는 고개를 돌리며 다른 용족들을 향해 손짓하였다.

-의뢰는 전부 완수한 것 같군. 모두 철수한다.

-알겠습니다, 대장.

-존명!

그러자 이안을 둘러싸고 있던 용족들이 일사분란하게 움직이며 협곡을 빠져나가기 시작하였다.

그리고 그 모양새를 본 이안은 또다시 머리를 굴려야만 했다.

'잠깐 이러면 안 되는데?'

이들이 그냥 가 버리면, 힘들게 찾아낸 아쿠스 일족에 대한 첫 단서가, 그대로 사라져 버리게 되니 말이다.

'적어도 전멸을 했는지. 뭐 어떻게 됐는지 정도는, 알아내고 보내 줘야지.'

그래서 이안은 다급하게 다시 드라토쿠스를 불렀다.

"야, 용 친구."

-……설마, 나를 부른 것인가?

"그래."

-인간. 겁을 상실했군.

이안의 호칭이 마음에 들지 않는 것인지, 분노한 드라토쿠스가 기습적으로 그를 공격하였다.

쐐애액-!

들고 있던 창검을 그대로 휘두르며, 이안의 흉부를 향해 내리찍은 것.

하지만 마치 기다리기라도 했다는 듯.

스스슥-!

빙글 몸을 회전시키며 그것을 피해 낸 이안이 역으로 그의 목에 검을 들이밀었다.

촤락-!

훨씬 더 강력했던 피켄로도 박살 낸 이안에게, 초월 135레벨의 드라토쿠스 정도가 무서울 리 없었다.

"겁을 상실한 건 너 같은데."

-……?

"너희. 여기서 다 죽여 버릴 수도 있어."

-건방진……!

"요즘 천룡의 비늘이 엄청 비싸게 팔리던데…… 싹 다 발라다가 팔면 돈 좀 되겠는걸?"

이안의 협박은 사실 과장이 많이 섞인 것이었다.

드라토쿠스를 처치하는 것 정도는 어렵지 않게 가능한 것이 사실이었지만, 여기 있는 모든 용족을 상대하는 것은 그로서도 절대 쉬운 일이 아니었으니 말이다.

다른 요소들은 다 차치하고라도, 이안은 아직 이들의 전력조차 제대로 파악하지 못한 상황이었으니까.

다만 이안이 이렇게 강하게 나가는 이유는 당연히 '협상'을 통해 원하는 것을 얻어 내기 위함이었다.

-놈……! 정체가 뭐냐.

"이제 좀 궁금해지셨나?"

까앙-!

이안의 심판 검을 쳐 낸 뒤 몇 발짝 뒤로 물러난 드라토쿠스가 낮게 침음을 흘렸다.

이어서 그런 그를 향해 이안이 다시 말을 이었다.

"네놈들의 정체를 먼저 알려 준다면, 나 또한 말해 주도록 하지."

-······!

"오는 게 있어야 가는 것도 있는 법 아니겠어?"

이안의 말을 들은 드라토쿠스는 뭔가를 고민하는 듯 잠시 뜸을 들였다.

그리고 잠시 후 이어진 그의 대답은, 이안에게 무척이나 흥미로운 것이었다.

그 대답 안에, 이안의 머릿속에 있던 정보가 포함되어 있었으니 말이다.

-말해 준다고 알지 모르겠으나······.

"음?"

-우리는 빙해의 가문 소속의 전사들이다.

"······!"

-빙혼대의 대원들이지.

'빙해의 가문이면······ 용천의 5대 가문 중 한 곳이잖아?'

이안이 용천의 퀘스트를 진행할 때 속해 있던 암천의 가문처럼, 빙해의 가문도 그 5대 가문 중 한 곳이었던 것이다.

물론 빙해의 가문에 속해 본 적은 없었기에 빙혼대가 뭐 하는 곳인지는 알지 못했지만, 용천 5대 가문 소속인 것을 알아낸 것만 해도 무척이나 유용한 정보인 것.

"아니, 용천의 5대 가문에서 대체 정령계에 있는 물의 부족은 왜 공격한 건데?"

-5대 가문에 대해 알다니……! 이럴 수가!

"묻는 말에나 대답해 봐."

-그것은 의뢰…… 아니, 잠깐. 이번에는 네놈이 답할 차례인 것 같은데?

이안의 화술에 말려들 뻔한 드라토쿠스는 불쾌한 표정으로 그를 노려보았고, 이안은 조금 아쉬운 표정으로 살짝 입맛을 다셨다.

'쩝, 이 정도까지 단순한 AI는 아니란 말이지?'

하여 이안은 약속했던 대로 자신의 정체(?)를 이야기해 주기로 했다.

어차피 수많은 이안의 정체(?)들 중 하나 정도를 얘기해 주는 것은, 별로 손해도 아니었으니 말이었다.

"나는 로터스 천룡기사단의 단장."

-……?

"그것이 내 정체다."

천룡기사단은 특정 조건 달성 시 중간계의 길드에서 설립

할 수 있는 기사단이다.

하지만 그 이전에 용천의 다섯 가문들에서 가장 강력한 기사단이기도 한 것이 바로 천룡기사단이었고.

그래서 이안의 이 대답은, 무척이나 의도적인 것이었다.

'채찍을 줬으니 이제 당근도 한번 던져 줘야지.'

용족 NPC들과의 친밀도를 높여 정보를 뜯어내기 위한, 설계의 밑그림이었던 것이다.

그리고 이안의 그러한 설계가 유효했던 것인지, 드라토쿠스와의 대화가 드디어 그의 의도대로 흘러가기 시작하였다.

ㅡ처, 천룡기사단의 단장이라니……! 이럴 수가!

이안이 앞에 띄운 천룡기사단의 인장을 보자마자, 그가 필요했던 정보를 술술 풀어내기 시작한 것이었다.

ㅡ우리 빙혼대가 아쿠스 일족을 공격한 이유는…….

그리고 그 정보는 놀랍게도, 이안이 전혀 예상치 못했던 내용을 가득 담고 있었다.

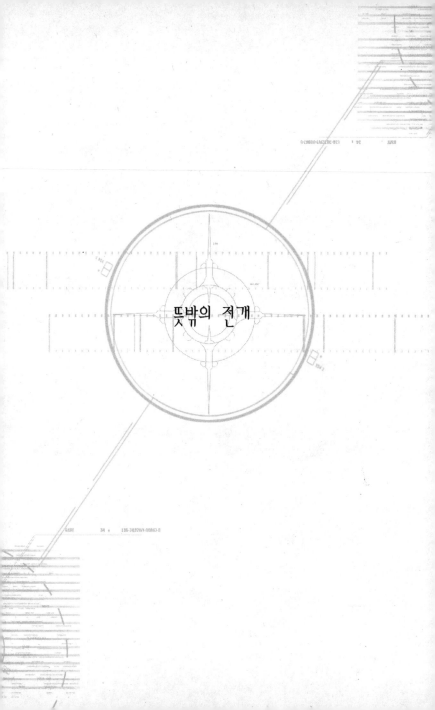

뜻밖의 전개

Taming
Master

"그러니까. 빙해의 가문 소속의 어떤 '용병'이…… 빙혼대에 '의뢰'했다는 말이네."

－그런 셈이다.

"거참, 대체 어떤 놈이 공헌도를 그렇게 써먹은 거지? 이거 참 신박한데? 게다가 '마족'이라고?"

－그렇다. 인간 진영의 용병이었더라면, 그런 의뢰를 할 이유가 없었겠지.

드라토쿠스로부터 들은 사건의 내막은 정말 참신한 것이었다.

결론부터 말하자면, 용천에서 플레이 중인 마계의 유저가 자신의 공헌도를 탈탈 털어서 빙혼대를 움직인 것이었으니 말이다.

'뜬금없이 정령계와 기계문명의 싸움에 용천이 어째서 끼어 들었나 궁금했는데…… 마계 진영 유저의 짓이었군.'

용천의 공헌도를 사용하는 방법은 무척이나 다양하다.

공헌도를 사용하여 아티펙트를 구입할 수도 있으며, 용족 가신을 고용하거나 소환수의 부화석을 구매하는 것도 가능했으니 말이다.

하지만 공헌도를 사용해 용천의 병력을 움직여서, 타 차원계에 영향을 줄 수 있으리라고는 이안조차도 생각해 보지 못했었다.

'심지어 마족이라니. 마족 유저가 어떻게 용천의 공헌도를 쌓을 수 있었던 거지?'

기본적으로 기계문명과 거신족의 진영이 마계 베이스의 진영인 것처럼, 용천은 인간계 베이스의 진영이다.

어떤 법이 정해져 있는 것은 아니었지만, 일반적인 루트라면 마족 유저가 용천의 공헌도를 쌓을 방법은 없다는 이야기다.

하지만 조금 놀라운 것일 뿐, 수긍하지 못할 문제도 아니었다.

이안 또한 이미 기계문명인 라카토리움에서 퀘스트를 진행했던 전력이 있었고.

사실상 지상계로 내려가서 생각해 본다면, 인간계의 퀘스트를 진행하는 마족도, 마계의 퀘스트를 진행하는 인간 유저도, 특별하다는 수식어가 애매할 정도로 수없이 많았으니 말이었다.

"어이, 드라토쿠스."

─말하라. 인간.

"그럼 너희가 받은 의뢰는 어디까지인 거야?"

이안의 질문에 드라토쿠스는 잠시 고민한 뒤 대답하였다.

─우리의 임무는 이곳에 존재했던 아쿠스 일족. 그들을 격파하는 것이었다.

"그래서?"

─이 협곡 안에 아쿠스 소속인 존재가 아무도 남지 않았으니, 이제 우리의 의뢰는 끝난 것이라고 생각한다.

"그렇군……."

이안이 방금의 질문을 한 이유는 간단했다.

만약 빙혼대가 받은 임무가 단순히 '격파'가 아닌 아쿠스 일족의 '섬멸'이었더라면, 무척이나 곤란한 상황이 될 뻔했으니 말이다.

'물의 부족 세 곳을 전부 소집해야 하는데…… 한 곳이 아예 전멸했다면 퀘스트를 완료할 수 없으니까.'

하지만 다행히 섬멸 임무는 아니었던 것 같고, 그렇다면 격파당한 아쿠스 일족은 어디론가 피신해 있을 확률이 높았다.

설령 거의 대부분의 부족원이 전멸한 상황이라 하더라도 말이다.

'또다시 찾으려면 골치가 아프긴 하겠지만…….'

그런데 이안이 이런저런 생각을 정리하던 그때, 드라토쿠스가 다시 그를 향해 입을 열었다.

ㅡ궁금한 것을 하나 물어도 되겠는가?

"물어봐."

ㅡ천룡기사단의 단장인 그대는 무슨 일로 정령계에 있는 것인가? 기사단원도 없이 홀로 말이지.

그의 질문에 이안은 고개를 주억거렸다.

충분히 궁금할 수 있는 부분이었으니 말이다.

하지만 처음부터 그랬듯, 이안은 전부 다 말해 줄 생각은 없었다.

물론 '거짓'을 말할 생각도 아니었지만 말이다.

"나 또한 의뢰를 받았거든."

ㅡ오호?

"이 샤이야 산맥에 은둔해 있는 물의 부족들을 찾아서, 명령을 하달해야 하는 의뢰."

물론 드라토쿠스가 오해할 소지는 충분히 있는 대답이었지만, 어쨌든 이안의 답변은 거짓이 아니었다.

그가 받은 정령왕의 퀘스트도, 어쨌든 정령왕의 '의뢰'라고 할 수 있었으니까.

그런데 다음 순간, 이안은 살짝 이상한 낌새를 느낄 수 있었다.

─그……렇군.

대답하는 드라쿠스의 목소리가 어쩐지 떨떠름해 보였기 때문이었다.

살짝 그의 표정을 살핀 이안이 조심스레 다시 물었다.

"뭐야, 드라토쿠스. 무슨 문제라도 있는 거야?"

그리고 그 질문에, 잠시 고민하던 드라토쿠스가 머뭇거리면서 다시 입을 열었다.

─이건…… 그대가 우리와 비슷한 입장인 것 같아 이야기해주는 것이다.

"음……?"

─어떤 대가가 걸려 있는 의뢰인지는 모르겠지만, 그 의뢰…… 지금 바로 포기하는 게 좋을 거다.

이어서 또다시 의외의 이야기를 들은 이안의 동공이 조금씩 확대되기 시작하였다.

드라토쿠스의 이야기는 간단했다.

이안이 받은 그 의뢰가 달성 불가능한 의뢰라는 것이다.

─샤이야 산맥에 거주하는 모든 물의 일족들은 지금 만년빙 아래에

봉인되어 있다.

"만년빙이라고?"

─어지간한 열기로는 쉽게 녹일 수 없는 절대의 얼음.

"……?"

─너, 그건 알고 있었나?

"뭐?"

─아쿠스 일족 외에 다른 물의 일족들이 어인족이라는 사실 말이다.

"그게 뭐 어쨌는데?"

─그것이 바로 그대가 의뢰를 달성할 수 없는 이유.

"……?"

─그대가 이곳에 오기 이전에 이미 기계문명의 습격이 있었고, 정확히 어떻게 된 일인지는 모르지만, 그 뒤로 인해 이곳 샤이야 봉우리는 전부 예전처럼 다시 얼어붙었으니까.

"……!"

─어인족들은 보통…… 물 안에 부락을 짓고 산다.

사실 드라토쿠스의 이야기는 비터스텔라의 세계관을 알지 못하면 이해할 수 없는 성질의 것이었다.

어인족이 물속에 산다는 것 정도야 어렵지 않은 내용이었지만, 기계문명의 침공과 산맥이 얼어붙은 것이 어떤 연관을 가지는지 이해할 수 없을 테니 말이다.

하지만 얼어붙은 비터스텔라를 최초에 깨워 냈던 장본인인 이안은 그의 이야기를 단번에 이해할 수 있었다.

그리고 그와 동시에, 머리가 지끈지끈 아파 오기 시작하였다.

'아니, 뭐 이렇게 퀘스트가 복잡하게 흘러가?'

물론 지금 이 드라토쿠스와 빙혼대가 퀘스트에 끼어든 것은 알 수 없는 다른 유저로 인한 '변수'에 가깝다.

하지만 그것과 별개로 다른 두 개 부족이 만년빙 아래 봉인됐다는 것은 메인 에피소드로 인해 벌어진 일일 터.

물론 그조차 마계의 유저들이 진행한 퀘스트 때문일 확률이 높긴 했지만, 퀘스트가 갈수록 꼬이고 있는 것만큼은 분명한 사실인 것이다.

－우리도 그 때문에 두 개의 의뢰를 포기해야만 했다.

"두 개의 의뢰라면…… 나머지 두 부족을 격파하는 의뢰도 받았었나 보네."

－그렇다.

"갑자기 생성된 만년빙 때문에, 그들의 부락을 공격할 수 없게 되었고?"

－이해가 빨라서 좋군.

드라토쿠스와의 대화가 끝나자, 절로 한숨부터 새어 나오는 이안.

"하아……."

'골치 아프네. 미루를 구했을 때처럼 얼음을 녹이면서 어인족들을 찾을 수도 없고…….'

이렇게 되면 이안이 가장 먼저 해야 할 일은, 얼음이 녹고 있던 샤이야 봉우리가 어째서 다시 얼어붙어 버린 것인지.

그 이유부터 확실하게 찾아내야 하는 것이다.

"그럼 드라토쿠스. 나도 한 가지만 더 물어볼게."

─말하라, 인간.

잠시 뜸을 들인 이안이 천천히 다시 입을 열었다.

"이 샤이야 봉우리가 얼어붙은 이유. 그 정확한 이유를 알아낼 방법이 없을까?"

이안의 물음에 잠시 정적이 흘렀다.

그가 단순히 '기계문명의 침공 때문'이라는 두루뭉술한 이유를 듣고 싶어 하는 것이 아님을 알고 있었기 때문에, 드라토쿠스 또한 생각에 잠긴 것이다.

그리고 잠시 후, 그의 말이 다시 이어졌다.

─방법은 아마…… 하나뿐일 것이다.

"하나?"

─샤이야 봉우리를 공격했던 '어둠의 군단' 수뇌부에서, 정보를 빼내는 것이겠지.

"……!"

어둠의 군단은 이안 또한 처음 듣는 이름이다.

하지만 그것과 별개로, 정황상 그것이 어떤 이름인지 추측할 수는 있었다.

'피켄로가 이끌었던 파괴의 군단. 그곳이랑 비슷한 군대인

것 같은데…….'

그리고 생각이 거기까지 미치자, 이안은 더욱 고뇌에 빠질 수밖에 없었다.

아무리 이안이라 하더라도 혼자 거대 군단에 잠입하는 것은 너무 리스크가 커다란 일이었으니 말이다.

'피켄로를 상대할 때처럼, 대지의 성물 버프라도 받으면 모를까…….'

성물 버프에 못지않은 신의 축복이 아직 남아 있긴 하지만, 그것은 너무 정령술에 특화된 버프였고.

그 때문에 지금 이안의 전투력은 피켄로와 싸울 때보단 확실히 떨어질 수밖에 없는 것이다.

하여 최대한 효율적인 방법을 찾아내기 위해, 열심히 머리를 굴리는 이안.

'좋은 방법이 없을까……?'

그런데 바로 그때.

이안은 문득 뭔가 생각났는지, 드라토쿠스를 향해 다시 입을 열었다.

"혹시 드라토쿠스."

-말하라.

"네게 의뢰를 줬다는 그 마족이 어둠의 군단 소속인 거야?"

그리고 이안의 그 물음에 드라토쿠스의 두 눈이 살짝 확대되었다.

　―……괜찮은 통찰력이군. 그대의 말이 맞다. 그렇기에 이만큼 정보를 알 수 있었던 것이지.

　이어서 자신의 짐작이 맞음을 확인한 이안은 살짝 상기된 표정으로 계속해서 말을 이었다.

　"그럼 어차피 의뢰의 보수를 수령하기 위해서, 어둠의 군단으로 복귀해야겠네?"

　―뭐, 그런 셈이다.

　드라토쿠스의 대답을 들은 이안의 한쪽 입꼬리가, 씨익 말려 올라갔다.

　"좋아. 그럼 방법이 생겼네."

　―설마……!

　그리고 이안의 말을 들은 드라토쿠스는, 어이없는 표정이 될 수밖에 없었다.

　이안의 요구가 상상 이상으로(?) 뻔뻔했으니 말이었다.

　"네가 그 이유를 좀 알아봐 줘. 슬쩍 물어보면 되잖아?"

　―내가? 내가 대체 왜 그래야 하지?

　하지만 그것도 잠시.

　"얼마면 되는데?"

　―뭐라?

　"너희에게 의뢰를 하겠단 말이야. 드라토쿠스."

　드라토쿠스의 표정에 어린, 어이없는 감정은 곧 놀람으로 바뀔 수밖에 없었다.

　－아무리 천룡기사단장이라 하더라도 너무 예의가 없군.

　"뭐가?"

　－우리 빙혼대를, 평범한 용병단 취급하는 것 같아서 하는 말이다.

　"음? 그게 무슨 말이지?"

　－우리를 움직일 수 있는 것은 오직 가문에 대한 공헌도일 뿐. 아무나 우리에게 의뢰를 맡길 수 있는 게 아니라는 말이다.

　"알고 있는데?"

　－뭐?

　이안의 제안이 드라토쿠스가 생각조차 하지 못했던 것이었으니 말이다.

　"용천. 정확히는 '중천'에서 쌓아 둔 공헌도가 필요한 것 아냐?"

　－그, 그렇다.

　"그러니까 그 공헌도라는 거. 얼마면 되냐고."

　－……?

　이안이 제안한 것은 그 또한 공헌도를 소모해 빙혼대에 의뢰를 맡기겠다는 것이었는데, 이런 것이 가능할 것이라고는 드라토쿠스로선 상상하기 힘들었던 것.

　이안이 5대 가문의 '조력자' 출신이라는 것을 모르는 드라토쿠스로서는 당연한 일이라고 할 수 있었다.

　"너희들에게 의뢰를 맡긴 게 누군지 모르겠지만…… 아마 그 친구보다 내가 공헌도 열 배는 더 많이 갖고 있을걸?"

　-대, 대체…… 무슨 자신감이지?

　5대 가문에게 가장 중요한 것은 결국 각 가문의 보유 공헌도이다.

　공헌도의 보유량에 따라 중천에서 가문의 입지가, 완전히 달라지니 말이다.

　그리고 그것을 알고 있는 이안은 이 순간 자신이 '갑'이 되었음을 확신하였다.

　"혹시 너, 암천에 아는 사람. 아니, 드래곤 있어?"

　-물론 있다.

　"그럼 그 친구한테 한번 물어봐."

　-뭘 말이냐.

　"혹시 암천의 '조력자' 중에 '이안'이라고 아는지 말이야."

　-이안……? 설마. 네가 이안이라는 말인가?

　"오, 나를 알아?"

　이안의 말을 듣던 드라토쿠스의 두 동공이 가늘게 진동하기 시작하였다.

　이안은 모르는 사실이었지만, 5대 가문 소속의 수뇌부 중에 '이안'이라는 조력자의 이름을 모르는 이는 거의 없었으니 말이다.

　한때 중천의 균형을 무너뜨려 버릴 정도로, '암천'의 세력을 어마어마하게 키워 놨던 비현실적인 조력자 이안이라는 존재.

그 이안이라는 이름에 치를 떨었던(?) 드라토쿠스로서는 그 이름을 잊을 수가 없었던 것이다.

"뭐, 어쨌든 나를 알고 있다면 얘기하기 좀 편하겠네."

—…….

"의뢰는 그럼 성립이지?"

이안의 물음에, 드라토쿠스는 잠시 대답하지 못했다.

처음에는 그의 의뢰 따위 받을 생각이 전혀 없었지만, 이안이라는 이름을 듣는 순간 격하게 흔들리고 있었으니 말이었다.

그리고 결국 그는 이안이 던진 미끼를 덥석 물고 말았다.

—공헌도는…… 얼마나 줄 수 있지?

"흠, 내가 제시해야 하는 건가?"

—그렇다.

"그럼…… 한 130만 공헌 정도. 이 정도면 어때?"

애초에 이안은 녀석에게 제시할 공헌도 수치까지도, 머릿속으로 생각해 놓고 있었던 것이다.

—헉……! 배, 백삼십만이라고 했나?

"그래. 130만이야."

드라토쿠스가 헛바람을 집어삼킬 정도로 130만이라는 수치는 어마어마한 것이었지만, 초창기에 거의 모든 콘텐츠를 선점하고 씹어 먹었던 이안에게, 그 정도는 새 발의 피에 가까웠던 것.

"그래서, 할 거야 말 거야? 빨리 결정해."

—······!

"안 그러면 암천에 가서 의뢰 때려 버릴 거니까."

그리고 그렇게 드라토쿠스는 이안의 의뢰를 수령할 수밖에 없었다.

—아, 안 돼! 한다! 하겠다! 할 거라고!

카일란의 NPC들은 크게 두 종류로 나눌 수 있다.

첫째로, 언제나 항상 그 자리에서 맡은 역할만 하는 비교적 1차원적인 기능성 NPC들.

둘째로, 마치 유저처럼 AI를 가지고 카일란의 세계관 내에서 활약하며, 시간이 지남에 따라 역할군이 바뀌기도 하는 활동형 NPC들.

그리고 이 활동형 NPC들이 다른 게임에는 보통 존재하지 않는 특별한 존재들인데, 이들은 마치 유저처럼 사냥을 하며 레벨을 올리기도 한다.

물론 유저보다야 성장 속도가 더디긴 하지만 적당히 레벨이 오르기 때문에, 활동형 NPC들이 많이 포진되어 있는 지역 혹은 차원계의 경우, 유저들의 콘텐츠 진행에 발맞춰 환경 또한 진화하도록 설계되어 있다.

처음 카일란 출시 시점에는 NPC평균 레벨이 50~60 정도 였던 마을이, 수년의 시간이 흐른 지금 거의 300레벨까지 올라 있는 케이스도 있었으니 말이다.

특히 지금 상위권 유저들이 경쟁 중인 '중간계'의 경우에는 대부분의 NPC들이 활동형 NPC들이다.

그리고 그러한 사실은 과거 이안이 활약했던 용천의 '중천' 필드만 봐도 알 수 있었다.

한창 이안이 활약할 당시에는 중천에서 초월 70레벨도 찾아보기 힘들었는데, 지금은 100레벨 이상의 NPC들도 제법 많았으니까.

'그래도 초월 130레벨이 넘는 드라토쿠스는…… 5대 가문 안에서 최상위 NPC겠지.'

이안은 이러한 모든 정황을 따져, 빙해 가문 내에서 드라토쿠스의 위치를 대략적으로 추측하였다.

그리하여 판단했을 때, 그가 자신의 의뢰를 받아들일 수 있는 충분히 변칙적인 인물이라고 생각한 것이다.

그리고 그 결과는 무척이나 성공적이었다.

결국 이안의 미끼를 문 드라토쿠스가 의뢰를 받아서 '어둠의 군단'으로 돌아갔으며.

띠링-!

-빙혼대주 '드라토쿠스'가 당신의 의뢰를 수락하였습니다.

-의뢰 조건 충족 시, 중천의 공헌도 130만이 자동으로 차감됩니다.

……후략…….

정확히 반나절 뒤에, 이안이 원했던 답을 가지고, 다시 돌아왔으니 말이었다.

샤이야 봉우리가 다시 얼어붙게 된 바로 그 '이유'를 말이다.

"생각보다 빨리 왔네."

-딱히 오래 걸릴 의뢰는 아니었으니까.

"좋아. 그래서 이유는 뭐야?"

-성격도 급하군.

"내 성격이 급하기보단 상황이 급한 거다."

-상황이라면…… 정령계의 상황?

"그래."

-네가 왜 정령계를 이렇게까지 돕는지는 잘 모르겠지만…… 좋아. 설명해 주도록 하지.

드라토쿠스의 이야기는 제법 길었다.

기계문명이 샤이야 봉우리에 진입하여, 어떤 경로로 이곳을 점령하였는지부터 시작되었으니 말이다.

그중에는 '결론'과 관계없는 이야기도 많았지만, 이안은 모든 이야기를 집중해서 경청하였다.

결국 이 모든 것이 기계문명의 병력과 관련된 정보들로 이어지는 것이었으니, 궁극적으로는 퀘스트와 관련이 있는 것이었으니까.

'정황상 샤이야 산맥 어딘가에도 균열이 새로 열린 것 같은데……..'

하지만 이 모든 정황을 떠나, 샤이야 산맥이 다시 얼어 버린 그 결정적인 이유는 무척이나 간결한 것이었다.

그리고 드라토쿠스의 이야기를 듣던 이안은 놀랄 수밖에 없었다.

그의 입에서 나온 장소가 무척이나 낯익은 곳이었으니 말이었다.

─그래서 최종적으로 어둠의 군단이 공략한 곳은 바로 '생명의 계곡'이다.

"생명의 계곡……?"

─그래. 어둠의 군단장이 직접…… 생명의 계곡 깊숙한 곳에 잠들어 있는 생명의 성소를 봉인해 버린 거지.

"……!"

─해서 이 샤이야 봉우리가 가진 생명력을 다시 회복시키고 싶다면, 성소의 봉인을 해제하는 수밖에 없다.

'생명의 계곡'은 이안이 너무도 잘 알 수밖에 없는 곳이었다.

고대의 정령 '미루'를 구해 주고, 그녀의 도움을 받아 '성령의 유적'을 찾아내었던 바로 그곳.

지금 이안의 등에 메여 있는 성령의 심판 검이 묻혀 있던 곳도 바로, 이 생명의 계곡이었으니 말이었다.

'퀘스트가 또 이렇게 이어지네.'

그리고 이안은 지금의 상황에 안도의 한숨을 쉴 수밖에 없었다.

만약 그가 조금이라도 늦어 드라토쿠스를 만나지 못했더라면, 알아내는 데 최소 1주일 이상은 걸렸을 법한 내용이었으니 말이다.

'내가 늦어질수록 정령계가 패배할 확률은 높아질 테고…… 그랬더라면 아까운 에픽 히든 퀘스트를 통째로 날려 먹어야 했겠지.'

하지만 그렇다고 한들, 아직 마음을 놓을 단계는 당연히 아니었다.

원인을 알아냈다고 해서 해결책이 생긴 것은 아니었으며, 해결책까지 안다고 해도 그것을 성공시키는 게 결코 쉬울 리 없었으니 말이다.

그래도 다행인 부분이라면 드라토쿠스가, 이안의 기대보다도 아는 것이 많다는 점이었다.

"그 봉인이라는 것. 해제하려면 어떻게 해야 해?"

─그것까지 묻진 못했지만, 아마 녀석들은 십중팔구 '어둠의 마력환원 장치'를 사용했을 거다.

"어둠의…… 마력환원장치?"

－그래. 일전에도 그걸 사용해서 정령계의 자연 마력을 봉인시키는 걸 봤거든.

마력환원장치는 이름 그대로의 기능을 가지고 있는 기계장치였다.

모든 종류의 마력을 기계 동력으로 환원시켜 버리는 기계문명의 결정체였던 것이다.

그런데 이 이야기를 듣던 이안은 문득 궁금한 점이 생겼다.

"그런데 난 대체 왜 지금껏 한 번도 그런 장치를 본 적이 없는 거지?"

－음……? 그게 무슨 말이지?

"지금까지 난 기계문명이 점령한 원소 광산들을 여러 군데 탈환해 왔거든. 그런데 어디에서도 이 마력환원장치는 볼 수 없었어."

기계문명이 정령계의 힘을 착취하여 사용하는 것은 지금까지도 여러 번 보아 왔는데, 그동안 이 기계장치를 한 번도 보지 못한 것이 의아했던 것이다.

하지만 그에 대한 드라토쿠스의 대답은 간단했다.

－나도 정확히는 모르지만…… 내가 듣기로 마력환원장치는 기계문명에서도 엄청 귀한 것으로 알고 있다.

"그래……?"

-단순히 자연 마력을 뽑다가 쓰는 기존의 방식보다, 훨씬 더 효율이 좋다더군.

"……!"

-아마 못 봤다면 그런 이유 때문이지 싶군.

드라토쿠스의 말을 듣던 이안은 고개를 끄덕였다.

확실히 그런 이유라면 이해가 되었으니 말이다.

하여 이안은 이제 그에게 가장 중요한 마지막 질문을 하였다.

"어쨌든 그럼…… 봉인을 해제하기 위해선 그걸 파괴하면 되는 건가?"

-그건 아니다. 아주 큰일 날 소리를 하는군.

"……?"

-그걸 잘못 건드렸다간, 아예 생명의 성소가 망가져 버리는 수가 있어.

"컥…… 그럼 봉인은 어떻게 해제해?"

-그건…… 나도 모른다.

"허얼."

-다만 어둠의 기계공학자 '지르딘'이라면 알고 있을지도 모르겠군.

"어둠의 기계공학자? 지르딘?"

그리고 그 질문에 대한 대답을 들은 순간.

띠링-!

이안의 눈앞에 새로운 시스템 메시지들이 떠오르기 시작

하였다.

　-조건이 충족되었습니다.

　-새로운 퀘스트가 발생합니다.

　-'어둠의 기계공학자 지르딘(에픽)(연계)(히든)' 퀘스트를 수령하였습니다.

　……후략…….

　이어서 이안은 반사적으로 눈앞에 반짝이는 퀘스트 정보 창을 빠르게 오픈하였다.

　띠링-!

　-퀘스트의 모든 조건이 충족되었습니다.

　-'핏빛 달 처치(히든)(에픽)' 퀘스트를 성공적으로 완수하셨습니다.

　-명성(초월)을 3만만큼 획득하였습니다.

　-'피의 보석' 아이템을 획득하셨습니다.

　……중략……

　-연계된 새로운 퀘스트가 발생합니다.

새까만 바탕에 얇은 금실이 수놓인 고급스런 두건과 망토.

남자가 자리에서 일어나자, 그 안에 드러난 짙은 군청빛의 견갑이 바깥으로 드러난다.

"이것으로 거래는 완료되었군."

"그렇소."

"그렇다면 물건은 준비해 뒀겠지?"

"물론이오. 잠시만 기다리시길."

화려한 장식으로 수놓인 멋들어진 갑주가 등불 아래 드러났지만, 그럼에도 불구하고 남자의 얼굴은 어둠 속에 감춰져 있었다.

머리에 쓰고 있는 두건도 두건이었지만, 그 안에 정체를 알 수 없는 시커먼 기운이 남자의 얼굴을 가리고 있었던 것이다.

한눈에 보아도 범상치 않은 기운을 풍기는 검은 두건의 사내.

그의 정체는 다름 아닌 미국 서버의 암살자 랭커, '조나단'이었다.

'이번 퀘스트는 생각보다 쉽지 않았어. 거점으로 돌아가면 루토에게 잔소리 좀 듣겠군.'

오래 전부터 길드의 총관 역할을 수행하고 있는 '루토'를 떠올린 조나단은 피식 웃으며 고개를 절레절레 저었다.

만약 지금 그가 퀘스트를 진행 중인 곳이 어딘지 루토가 알았더라면, 더 어마어마한(?) 잔소리를 들어야 할 테니 말이었다.

'나도 여기까지 오게 될 줄은 몰랐지만…… 뭐 어쩌겠어. 히든 퀘스트가 더 중요하지.'

지금 조나단이 위치한 곳은 다름 아닌 라카토리움.

그 안에서도 가장 번화한 도시인, 대도시 '루탄'이었다.

그리고 이것이 잔소리의 원인이 되는 이유는 무척이나 간단하였다.

만약 조나단이 마계 진영의 유저였다면 루탄에 있는 것이 아무런 문제 될 게 없었지만, 그는 어엿한 인간 진영의 랭커였으니 말이다.

게다가 마계와 정령계의 전면전이 벌어지고 있는 지금.

루탄의 위험도는 과거보다도 훨씬 높아졌다고 할 수 있었다.

이안이 멀쩡히 루탄을 활보하던 그 시절과는 비교도 되지 않을 정도로 경계가 삼엄해진 것이다.

하지만 조나단은 결코 퀘스트가 끝나기 전까지, 이 라카토리움을 빠져나갈 생각이 없었다.

'사나이가 퀘스트를 시작했으면 끝은 봐야 하는 법.'

리스크가 엄청난 만큼, 퀘스트의 보상도 그에 비례하게 짭짤했으니 말이다.

게다가 암살자 클래스 중에서도 최고의 실력을 가진 그는 어지간히 위험한 상황에서도 제 몸 하나 뺄 자신이 있었다.

그 때문에 이 정도 리스크는 그에게 일상이나 다름없었다.

'연계 퀘스트를 중간에 포기하는 일은 있을 수 없지. 암, 그렇고말고.'

그리고 조나단이 이런저런 생각을 하는 사이, 바깥에서부터 작은 발소리가 들리기 시작하였다.

이어서 잠시 후, 그와 모종의 거래(?)를 하던 NPC가 다시 방으로 돌아왔다.

끼이익-!

"여기 있습니다, 조나단 님."

조나단의 앞에 다가온 NPC가 조심스레 품속에서 무언가를 꺼내어 그에게 건네었다.

그리고 그것은 오랜 세월의 흔적이 느껴지는 낡은 양피지 조각이었다.

"물건은 확실하겠지?"

"물론입니다."

"좋아. 깔끔해서 좋군."

이어서 그 양피지를 받아 든 조나단은 기분 좋은 표정이 되어 씨익 웃었다.

겉보기엔 별것 없어 보이는 이 양피지 조각을 얻기 위해, 지난 보름 동안 아슬아슬한 줄타기를 해 가며 퀘스트를 클리어해 온 것이었으니 말이다.

띠링-!

-'어둠의 요새 비밀 지도(전설)' 아이템을 획득하셨습니다.
-'고대 연성술의 비밀(히든)(에픽)(연계)' 퀘스트를 획득하셨습니다.

'좋아. 드디어 마지막 퀘스트야⋯⋯! 이것만 클리어하면⋯⋯!'

새로 획득한 퀘스트 정보 창을 읽어 내려가며, 조나단의 입가에 걸린 미소가 더욱 짙어졌다.

그리고 그런 그를 보며 앞에 서 있던 NPC가 살짝 고개를 숙여 보였다.

"전 이만 가 보겠습니다, 조나단 님. 주인님께서 기다리셔서⋯⋯."

"그래. 수고했다."

"그럼, 무운을 빌겠습니다."

이어서 그에게 인사를 마친 NPC가 문을 열고 바깥으로 나가자, 조나단은 구석에 놓여 있는 소파를 향해 걸음을 옮겼다.

어차피 이곳은 그 외엔 누구도 알 수 없는 비밀 공간(?)이었고, 때문에 안전한 이곳에서 퀘스트 공략 계획을 좀 더 고민해 볼 생각이었던 것이다.

하지만 잠시 후.

"······?"

조나단은 두 눈을 부릅뜨며 경악할 수밖에 없었다.

분명 조금 전까지만 해도 아무도 없었던 소파에 누군가가 턱 하니 걸터앉아 있었던 것이다.

'이럴 수가······! 이곳을 알고 있는 이가 또 있었다니!'

한 차례 마른침을 집어삼킨 조나단이 허리에 꽂혀 있던 검을 천천히 뽑아 들었다.

스르릉-!

이어서 앞으로 한 걸음 더 옮긴 그는 어둠 속의 존재를 향해 침착한 목소리로 입을 열었다.

"넌, 누구냐."

"······."

"이곳에 나타난 목적이 뭐지?"

그리고 다음 순간, 조나단은 더욱 놀랄 수밖에 없었다.

"휴, 찾느라 힘들었네."

"······?"

"하마터면 퀘스트를 스틸당할 뻔했잖아?"

"그게 무슨 말이냐!"

어둠 속에서 저벅저벅 걸어 나온 의문의 사내가 그의 손에 들린 양피지를 정확히 가리켰기 때문이었다.

"목적이라면······ 흠, 지금 네 손에 들려 있는 그거?"

"······?"

"그거 어둠의 요새 비밀 지도지?"

"그, 그걸 어떻게……!"

조나단의 앞으로 성큼성큼 다가온 남자는 씨익 웃으며 그를 향해 손을 내밀었다.

"내놔."

"뭐?"

"싫으면 맞든가."

카일란의 모든 필드는 필드마다 다른 성격을 가지고 있다.

특히 민감한 문제인 PVP에 관해서는 제법 복잡한 케이스가 필드마다 적용되어 있고, 그 대표적인 조건들은 다음과 같았다.

1. 어떤 경우에도 PVP가 허용되지 않는 필드.

2. 어떤 경우에도 PVP가 가능한 필드.

3. 같은 진영의 유저끼리가 아니라면 PVP가 가능한 필드.

4. 명성 감소와 같은 특정 페널티를 감수할 시 PVP가 가능한 필드.

5. 레벨 차이가 일정 이상 될 시, PVP가 불가능한 필드.

……후략…….

하지만 이 PVP와 관련된 조건들은 대부분 하위권 유저들을 보호하기 위한 차원의 조건들이었고, 때문에 중간계 이상의 상위 차원계에서는 보통 3번 이상의 조건은 걸려 있지 않은 경우가 많았다.

마을에서조차 진영이 다르면 PVP가 되는 곳이 대부분인 수준이었으니 말이다.

그리고 지금 이안이 위치한 곳인 라카토리움의 루탄.

이곳 또한 마찬가지라 할 수 있었다.

기계문명의 대도시인 이 루탄에서도, 진영이 다르다면 언제든 PVP가 가능했던 것이다.

그래서 이안은 오랜만에 PVP라는 선택지를 사용하기로 하였다.

'어둠의 공학자 지르딘'을 찾기 위해서는 어둠의 요새에 진입해야 했고, 그곳에 진입하기 위해서는 저 검은 두건을 뒤집어쓴 유저가 손에 쥐고 있는 '비밀 지도'가 필요했으니 말이었다.

'물론 지도를 얻을 수 있는 다른 방법도 존재하긴 하겠지만…… 지금 시간도 없고, 무엇보다 귀찮잖아?'

하지만 이안이 한 가지 전혀 예상하지 못했던 부분이 있었으니…….

"뭐 하는 놈인지 모르겠지만…… 자신감이 넘치는군."

"응?"

"지금 일대일로, 날 이길 수 있다고 생각하는 거냐?"

"일대일이면 네가 아니라 누가 와도 이길 수 있다고 생각하는데?"

"……?"

"어쨌든 그럼, 일단 맞고 주겠다는 거지?"

"건방진……!"

그것은 바로, 당연히 마족 진영의 유저일 것이라 생각했던 두건 사내가 같은 인간 진영의 유저였다는 사실이었다.

띠링-!

-타깃 설정이 불가능한 대상입니다.

-대상을 공격할 수 없습니다.

-같은 진영의 유저끼리 PVP가 금지되어 있는 필드입니다.

"응……?"

"어엇?"

거의 동시에 서로를 향해 공격을 시도한 것인지, 당황한 표정이 되어 서로를 향해 눈을 끔뻑이는 이안과 조나단.

두 사람이 당황한 이유는 당연했다.

지금 이 시점에, 기계문명의 본거지나 다름없는 라카토리움의 대도시에, 자신 말고도 인간 진영의 유저가 있을 것이라고는 상상조차 하지 못했으니 말이었다.

"뭐야, 너?"

"그러는 너는 뭔데?"

"미친 거 아냐? 인간 진영 유저가 여기 왜 있어?"

"그건 내가 묻고 싶은 건데……?"

그리고 그 덕분에 이안은 순간 병할 수밖에 없었다.

생각지도 못했던 변수로 인해, 계획이 꼬여 버렸으니 말이
다.

'이러면 곤란한데…… 힘으로 뺏을 수 없으면, 저 친구를
설득해야 하나?'

물론 힘으로 해결이 안 되더라도, 방법이 없는 것은 아니
다.

누구든, 어떤 아이템이든.

그에 상응하는 대가만 지불한다면, '거래'는 언제나 가능
할 테니 말이다.

다만 문제는 상대가 이안이 예상했던 것보다 더 고레벨의
랭커일지도 모른다는 점이었다.

레벨이 높고 상위권의 랭커일수록, 히든 퀘스트 아이템을
골드나 장비에 넘길 확률이 적었으니까.

'흐으음…….'

그리고 그런 고민을 하고 있는 이안을 향해, 조나단이 얼
굴을 찌푸리며 중얼거리듯 입을 열었다.

"아쉽게 되었군."

"뭐가?"

"건방진 네놈에게 참교육을 해 줬어야 하는데, 상황이 이렇게 돼서 말이다."

조나단의 말은 진심이었다.

아직 상대의 정확한 정체까진 알 수 없었지만, 사실 일대일이라면 누가 와도 이길 수 있다고 생각하는 것은 이안뿐만 아니라 그 또한 마찬가지였으니 말이다.

PVP라는 영역에 한정해서 만큼은 설령 상대가 이안이라 하더라도 쉽게 지지 않으리라 생각했으니까.

하지만 도발 섞인 조나단의 대사에도, 이안은 눈 하나 꿈쩍 하지 않았다.

이안을 건방지다고 생각하는 조나단과 달리, 이안은 그가 건방지건 어땠건 전혀 관심이 없었으니 말이다.

"흠, 그것 참 아쉽겠네."

"……?"

"그것보다, 친구."

"내가 왜 네놈 친구냐."

"그 어둠의 요새 비밀 지도, 나한테 팔면 안 될까?"

"뭐?"

"한 1억 골드 정돈 바로 줄 수 있는데. 아니다. 한 2억 5천 골드까지 바로 빼 줄 수 있겠다."

"이, 이억?"

"그 이상은 곤란해. 맘대로 그 이상 썼다간, 누구한테 혼 날 수도 있거든."

"이거 건방진 놈이 아니라 미친놈이었잖아?"

조나단은 당혹함을 넘어 어이가 없어질 지경이었다.

물론 그가 1억 골드를 진짜 준다고 해도 지도를 팔 생각이 없었지만, 억 단위의 골드를 이렇게 쉽게 말하는 놈은 처음 봤으니 말이었다.

1억이 넘는 골드를 마치 몇천 원짜리 커피값 이야기하듯 하는 것은 최상위 랭커인 그조차도 쉽지 않은 일이었으니까.

하지만 이안의 대사는 갈수록 더 가관이었다.

"하긴. 나 같아도 고작 1~2억 골드에 그걸 팔진 않겠네."

"……뭐 하는 놈이야?"

"좋아, 그럼 이건 어때?"

"뭐?"

"네가 무슨 퀘스트를 진행 중인지는 모르겠지만, 너도 히 든 퀘스트 때문에 그 지도가 필요할 거 아냐?"

"그렇……지."

"최소 난이도 트리플S 이상의 퀘일 텐데. 그거 쉽게 깰 수 있도록 내가 도와줄게. 퀘스트 공유해 줘."

"뭐라고?"

"대신 그 지도를 나한테도 공유해 주는 거야. 이 정도면 수지맞는 장사 아닐까?"

"무슨 말 같지도 않은 소릴⋯⋯."

조나단의 입장에서는 말 그대로 '점입가경'이라 할 수 있는 이안의 이야기들.

'대체 누가 누굴 도와준다는 거야?'

그 이야기를 듣던 조나단은 아예 할 말을 잃어버리고 말았다.

"아, 원한다면 지도를 사용해야 하는 내 퀘스트까지도 공유해 줄게. 내 퀘스트도 같이 클리어하든가."

"⋯⋯."

"이러면 너한테도 손해는 아닐 거야. 내가 도와주면, 퀘스트 난이도가 세 배 정돈 쉬워질 테니까."

"후우⋯⋯."

"좋아. 그럼 콜?"

지금껏 수년 동안 카일란을 플레이하면서, 이런 신선한(?) 경험은 단연코 처음이었으니 말이었다.

이제는 화도 나지 않고, 오히려 헛웃음이 새어 나올 지경.

하여 조나단은 저도 모르게 이안을 향해 물을 수밖에 없었다.

"대체 너, 뭐 하는 놈이냐?"

그의 머리로는 아무리 생각해도 이 미친놈(?)이 이러는 이유를 이해할 수 없었으니 말이다.

진심으로 자신에게 이런 제안을 하는 것이라면 정말로 지도가 필요하고, 그만한 대가를 지불할 능력이 있어야 되는데, 조나단의 생각에 그것은 불가능해 보였고.

그게 아니라면 아무리 생각해도 이런 이야기를 할 이유가 없었으니 말이었다.

하지만 다음 순간, 조나단의 두 눈은 휘둥그레질 수밖에 없었다.

띠링―!

―'알 수 없는 유저'로부터 '어둠의 기계공학자 지르딘(에픽)(연계)(히든)' 퀘스트를 공유 받았습니다.

―퀘스트 공유를 받으시겠습니까? (Y/N)

이안이 대답 대신 자신의 퀘스트를 먼저 공유해 주었고, 그것을 확인한 순간 경악했으니 말이었다.

정확히는 이안이 공유해 준 퀘스트의 난이도가 문제였다.

그것은 카일란 게임 인생을 통틀어, 처음 보는 난이도의 퀘스트였으니 말이었다.

―퀘스트 난이도 : 측정 불가(Unknown)

*측정 불가 난이도의 퀘스트는 진행하지 않는 것이 좋을 수도 있습니다.

"······?"

조나단은 퀘스트의 난이도가 수령한 유저를 기준으로 각각 다르게 설정된다는 것을 알고 있었고, 때문에 이것을 본 순간 머리에 부하가 올 정도로 혼란스러울 수밖에 없었던 것이다.

'이런 난이도의 퀘스트를 어떻게 받은 거지? 저 미친놈은 대체 정체가 뭐야?'

게다가 퀘스트 내용을 확인하니, 이 퀘스트를 위해서 '비밀 지도'가 필요하다는 이안의 이야기 또한 사실이라는 것을 확인할 수 있었던 것.

그 때문에 조나단은 생각이 완전히 달라질 수밖에 없었다.

원래는 통 밟았다는 생각으로 이안을 무시하고 이동할 생각이었는데, 측정 불가 난이도의 퀘스트를 확인하니 오랜만에 호기심이 생긴 것이다.

'일단 제안을 받아들이는 척······ 한번 데리고 다녀 볼까?'

어차피 허세만 가득한 사기꾼이었다면 자신의 퀘스트를 함께하다가 죽어 버릴 것이고.

반대로 이 터무니없는 제안들이 전부 사실이라면 그의 말처럼 퀘스트 클리어에 큰 도움이 될 것이었으니.

적어도 손해 볼 일은 없을 것이라고 판단한 것이다.

"크흠······!"

구겨졌던 인상을 편 뒤, 한 차례 헛기침을 한 조나단이 다시 이안을 향해 입을 열었다.

물론 이안과 대화를 지속하면서 평정심을 유지하기는 쉽지 않았지만 말이었다.

"후…… 좋다."

"비싸게 굴기는. 어차피 수락할 거였으면서."

"……!"

"그럼 빨리 네 퀘스트나 공유해 보라고. 그거 빨리 깨고 내 거 하러 가야 하니 말이야."

"하…… 알겠다."

한숨을 푹 내쉰 조나단은 고개를 절레절레 저으며 이안에게 퀘스트를 공유하였다.

　

-'고대 연성술의 비밀(히든)(에픽)(연계)' 퀘스트를 '알 수 없는 유저'에게 공유합니다.

　

그리고 퀘스트를 수령한 이안의 반응을 유심히 살펴보았다.

이번에도 이안의 반응은 그의 예상을 한 차원 뛰어넘는 것이었지만 말이었다.

"어, 연성술 퀘……?"

"시작부터 아는 척이군. 허세는 타고난 건가?"

"이거 이러면 개꿀이잖아?"

"음……?"

"좋았어. 이거부터 빠르게 하러 가자고. 이 정도면 3시간 컷이겠어."

"뭐라고?"

왜인지는 알 수 없었지만, 퀘스트를 공유 받은 이안이 너무 진심으로(?) 기뻐한 것.

"자, 그럼 앞장서 친구."

"어, 어딜?"

"어둠의 요새로 가야 할 것 아냐."

"……."

"지도는 너한테 있으니까, 네가 앞장서야지."

"좋……아. 그럼 곧바로 이동해 보자고."

그리고 그렇게 두 랭커는 서로의 이름조차 공유하지 않은 채 어둠의 요새를 향해 움직이기 시작하였다.

'이쯤 되니 헷갈리기 시작하는데…… 혹시 이 미친놈, 운영자는 아닐까?'

아직까지도 별별 생각이 다 드는 조나단과 별생각이 없어 보이는 이안의 동행.

"내 퀘스트. 난이도 무슨 등급으로 뜨지?"

"흠, 확인 안 해 봤는데…… 잠깐. S- 등급이네."

"뭐……?"

"물어봐서 알려 준 것뿐인데, 왜?"

"이, 이번에도 역시…… 허세인 건가."

하지만 그렇게 30여 분 정도가 지나 요새에 도착하고 나자, 두 사람 간의 대화의 양상은 이전과 확연히 달라질 수밖에 없었다.

띠링-!

-어둠의 요새, 'D구역 지하 통로'에 입장하셨습니다.

퀘스트 장소인 요새에 입성하자, 이안의 표정에 어려 있던 장난기는 싹 사라졌으니 말이었다.

"이제부터 길은 내가 뚫을게. 뒤에서 실시간으로 좌표를 찍어."

"뭐……?"

"시간 없으니까, 빨리."

그리고 본격적으로 퀘스트가 시작된 이 시점부터, 조나단은 이안의 진면목을 보게 되었다.

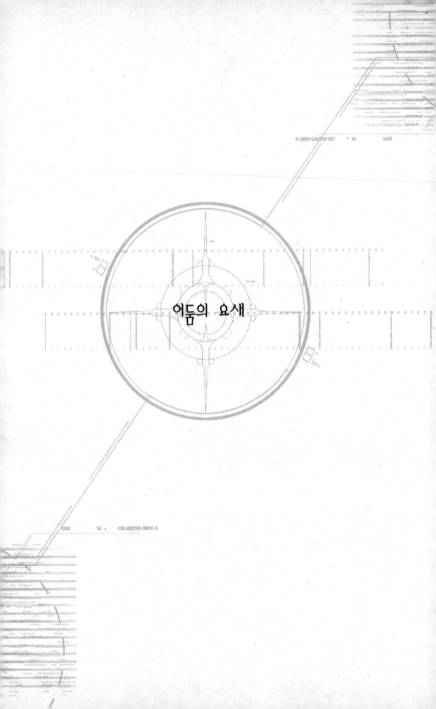

어둠의 요새

Taming
Master

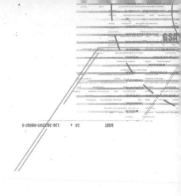

과거, 대장군 카이를 상대로도 비등했던 피지컬.

그리고 PVP에 특화된 '암살자'라는 클래스의 이점.

이 모든 전제들을 감안해 보더라도, 조나단이 이안을 일대일로 이길 수 없다는 것은 너무 확실한 사실이었다.

하지만 그렇다고 해도 PVP에만 한정짓는다면, 이안과 조나단의 차이가 그렇게까지 큰 것은 아니라는 것 또한 사실.

그러나 그것은 말 그대로 PVP에 한정지었을 때뿐이었고, PVE로 비교군을 전환한다면 이야기가 완전히 달랐다.

암살자 클래스가 PVP에 최적화되어 있다면, 소환술사 클래스는 PVE에 최적화되어 있었고.

직업 상성으로 인한 차이가 역전되는 순간, 이안과 조나단의 차이는 기하급수적으로 벌어질 수밖에 없으니 말이었다.

'마, 말도 안 돼……!'

해서 지금 이안의 뒤를 쫓는 조나단은 경악할 수밖에 없었다.

이안이 대검을 휘두를 때마다 마치 짚단처럼 스러져 버리는 초월 100레벨대의 몬스터들을 보고 있자니, 현실감이 너무 없었던 것이다.

심지어 어둠의 요새 필드는 좁은 통로 위주로 구성되어 있었기 때문에, 이안은 아직 소환수조차 운용하지 않고 있었는데, 그것만으로도 조나단을 당황케 하기엔 충분한 것이었다.

'인간 진영의 전사 클래스 중에…… 저런 괴물이 있었다고?'

물론 조나단에게도 초월 100레벨대의 몬스터를 어렵지 않게 사냥할 능력은 충분히 있다.

하지만 이안처럼 저렇게 두셋 이상의 개체를 순식간에 쓸어 버리면서, 전진하는 것은 불가능하다.

단일 타깃의 기술이 아니라면, 조나단은 극한의 대미지를 뽑아낼 수 없었으니 말이었다.

쉽게 말해 단일 타깃 최강 클래스인 암살자의 입장에서 다중 타깃으로 자신과 비슷하거나 더 강력한 대미지를 뽑아내는 모습을 보고 있으니.

어이가 없는 것이라고 할 수 있었다.

"친구, 하나 넘어간다!"

"어, 어……? 알겠다. 처리하지."

쐐애애액-!

이안이 흘려보낸 몬스터 한 마리가 조나단의 시야에 들어왔다.

그리고 녀석을 발견한 조나단은 언제 놀라고 있었냐는 듯 침착하게 움직여 녀석을 순식간에 마무리하였다.

-고유 능력, '핏빛 암격'을 발동하였습니다!

-고유 능력, '은밀한 사냥꾼' 효과가 적용됩니다.

-'어둠의 기계 병사'에게 치명적인 피해를 입혔습니다!

-'어둠의 기계 병사'를 성공적으로 처치하셨습니다!

암살자 클래스의 최상위권 랭커다운 깔끔한 스킬 운용과 정확한 타격.

그것을 힐끔 본 이안은 살짝 놀란 표정이 되었다.

'오호, 생각보다 더 실력 있는 친구였잖아?'

지금까지 이안이 만났던 암살자들 중 가장 실력이 좋은 유저는 림롱과 요르간드 정도였는데, 어쩌면 이 녀석이 그 둘과 비견되거나 그 이상일지도 모른다는 생각이 든 것이다.

물론 이 한 수로 속단하기는 일렀지만 말이다.

"다음 좌표는 어디야?"

"북서쪽 확인해 봐. 찍어 뒀어."

"오케이."

그리고 시간이 지날수록, 두 랭커의 필드 진행 속도는 점점 더 빨라졌다.

처음에는 이안을 구경(?)한다고 수동적으로 움직였던 조나단이 이제 적극적으로 전투에 참여하기 시작하였고.

별다른 대화가 오가지 않았음에도 불구하고, 점점 두 사람 사이의 합이 맞아 가기 시작했던 것이다.

그리고 그 과정에서 조나단은 혀를 내두를 수밖에 없었다.

'와, 이걸 이렇게 떠먹여 준다고?'

그가 평소에 솔로 플레이를 좋아하여, 다른 랭커들에 비해 파티 플레이 경험이 적은 편이라는 것을 감안하더라도.

처음 만난 유저와 이렇게까지 손발이 잘 맞을 수 있다는 것은 믿기 힘든 수준이었으니 말이다.

한 번 자신이 고유 능력을 보여 주면, 해당 고유 능력을 가장 효율적으로 쓸 수 있도록 몬스터들을 유도해 주는 것.

심지어는 사용하는 주력 스킬들의 위력까지도 이미 다 파악한 게 아닌가 하는 의심이 들 정도였으니.

조나단으로서는 이안의 플레이를 보며 식은땀이 줄줄 흐를 지경이었다.

'후, 미친놈이다. 미친놈이 분명해.'

그리고 그렇게 1시간 정도가 지났을까?

"자, 여기가 네가 찍어 준 마지막 좌표인데……."

"이 위치가 맞다."

"그런데 왜 막다른 길이지?"

"그야, 아직 충족시켜야 할 조건이 남아 있으니 그렇다."

"오호. 그래?"

조나단은 결국 퀘스트를 클리어하기 위한 최종 장소에 도달할 수 있었고, 이제는 이안을 인정할 수밖에 없었다.

'처음 만났을 때 PK가 가능했다면…… 어쩌면 내가 졌을지도.'

고개를 절레절레 저은 조나단은 이전 연계 퀘스트로 얻었던 '피의 보석'을 꺼내 들었다.

그것은 이 어둠 요새의 기계 설비를 작동시킬 수 있는 매개체였고, 이것을 사용해야 목적지였던 '비밀 연구소'에 들어설 수 있었으니 말이다.

저벅- 저벅-.

피의 보석을 손에 쥔 조나단은 천천히 움직여 시커먼 벽면을 향해 걸어갔다.

이어서 조심스레 보석을 들어 올려 벽면에 새겨진 사나운 표범 문양의 눈 부위에 그것을 끼워 넣었다.

"이걸 여기에 끼우면……."

딸깍-!

띠링-!

-'피의 보석' 아이템을 사용하였습니다.
-조건이 충족되었습니다.

그리고 벽면의 표범이 붉은 눈을 번쩍임과 동시에.
번쩍-!

-어둠 요새의 '기계 설비'가 작동하기 시작합니다.

좁다란 막다른 길이었던 요새의 지형이 거대한 굉음을 내며 움직이기 시작하였다.
쿠구구궁-!
기이잉- 기기기깅-!
"······!"
그리고 조각상으로 생각했던 벽면에 새겨진 거대한 표범이, 두 사람을 향해 이빨을 드러내었다.

띠링-!

-파티원 '???'가 '어둠의 기계 표범'을 작동시켰습니다.

-핏빛 기운이 기계 설비를 움직입니다.

-조건이 충족되었습니다.

-'기계 루카크'가 복원되었습니다.

고오오오-!

고막이 터질 듯 시끄러운 굉음들 사이에서, 이안은 여유 넘치는 표정으로 시스템 메시지들을 확인하고 있었다.

'오호, 이놈이 문지기쯤 되는 건가?'

그리고 이안의 여유는 어쩌면 당연한 것이었다.

조나단의 입장에서야 나름 사활(?)을 건 퀘스트였지만, 이안에게 S-등급 퀘스트는 그저 거쳐 가는 워밍업 수준의 난이도였으니 말이다.

'마지막 문지기인 걸 감안했을 때…… 대충 초월 130랩쯤 되려나?'

굉음이 잦아들고 사방에서 피어난 연기가 가라앉자, 붉게 빛나는 눈동자를 가진 한 마리의 거대한 표범이 어둠 속에서 어슬렁어슬렁 걸어 나왔다.

그리고 녀석의 머리 위에 떠 있는 시스템 박스를 확인한 순간.

'빙고.'

이안은 씨익 웃을 수밖에 없었다.

그의 예상이 거의 정확하게 맞아떨어졌으니 말이었다.

―기계 루카크(전설)/Lv.138(초월)

이어서 녀석의 레벨을 확인한 이안은 조나단에게로 시선을 슬쩍 돌리며 낮은 목소리로 입을 열었다.

"친구, 어떻게 할까?"

"뭘…… 말이냐?"

"잡아 줘? 아니면 너한테 기회를 줘?"

"……!"

"서포팅은 해 줄 테니까 걱정 말고."

이안의 말을 들은 조나단은 살짝 눈동자가 흔들렸다.

그의 말이 어떤 의미인지, 정확하게 알고 있었으니 말이다.

'초월 130랩 후반대 보스를 눈앞에 두고, 이런 여유라니…….'

카일란에서 이렇게 던전 끝에 등장하는 보스 몬스터는 일반 몬스터와 드롭 시스템이 조금 다르게 설정되어 있다.

기본적으로 장비 아이템 같은 경우 평범한 몬스터처럼 조건 없이 드롭되도록 되어 있었지만, 골드나 차원 코인 등의 재화나 퀘스트에 필요한 잡화 아이템 같은 경우, 해당 보스 처치에 기여한 기여도에 따라 유저별로 차등 드롭되도록 설계되어 있었으니 말이다.

하여 이안의 제안은 사실 조나단에 대한 배려라고 할 수 있었다.

이 퀘스트 자체가 조나단이 가져 온 퀘스트였고, 그가 플레이한 모든 연계 퀘스트들의 최종 퀘스트였으니.

마지막 보스의 처치 기여도를 그에게 최대한 몰아주겠다는 말인 것이다.

하지만 자신에 대한 배려인 것을 앎에도 불구하고 조나단이 당황할 수밖에 없었던 이유는, 눈앞의 보스가 너무 강력해 보였기 때문이었다.

전력을 다 해도 모자를 것 같은 상황에서 기여도 몰아주기까지 언급하는 이안의 여유가, 도무지 정상적으로 보이지 않았던 것이다.

"뭐야, 감동했냐?"

"……."

"감격할 거 없어. 고마우면 지도만 확실하게 넘겨주면 돼."

"후우…… 네놈……."

"어차피 막타는 내가 칠 테니까."

"……."

조나단은 어이가 없었지만, 더 이상 이안과 대화를 이어 갈 수는 없었다.

캬아아오오-!

어느새 그들의 코앞까지 다가온 기계 괴수가 날카로운 발톱을 휘두르기 시작했으니 말이다.

쌔애액-!

콰앙-!

그리고 전투가 시작되자, 한 가지 사실을 또 한 번 확신할 수 있었다.

'저놈, 확실하게 미친놈이야. 분명해.'

말만 그렇게 한 것이 아니라, 정말로 기여도를 몰아주려는 것인지.

이안이 구석에서 놀기(?) 시작했으니 말이었다.

"너무 굼뜬 거 아냐? 한 대만 맞아도 엄청 아플 것 같은데."

"미친⋯⋯!"

"혹시 힘들면 언제든 얘기하라고. 나도 그냥 내가 빨리 잡아 버리는게 속 편하니까 말이야."

"시끄럽다!"

하지만 그럼에도 불구하고 조나단은 이안에게 참전하라는 이야기를 꺼낼 수가 없었다.

'초월 138레벨의 보스 기여도를 독식할 수만 있다면⋯⋯!'

이 난관(?)을 극복했을 때의 보상이 너무도 매력적이었으니 말이었다.

'젠장……! 어떻게든 해내고 만다.'

그리고 그런 조나단을 구경하며, 이안은 싱글벙글 웃고 있었다.

"여. 방금은 좋았다고. 분신 타이밍 깔끔하네."

"조용히 해, 이 미친놈아."

"알고 있지? 방금 분신으로 물리 대미지 흡수 못 했으면, 너 죽었을지도 모른다는 거."

"닥쳐!"

조나단은 아랫입술을 꽉 깨문 채 전투에 집중했지만, 그래도 이안의 얄미운 목소리가 또랑또랑 들리는 것은 어쩔 수 없었다.

눈을 감을 수는 있어도, 듣기 싫다고 귀를 닫을 방법은 없었으니 말이다.

'젠장, 어떻게 저렇게 얄미울 수가 있지?'

심지어 이 와중에 어이없는 것은 꼭 도움이 필요한 타이밍에는 어김없이 이안이 개입해 준다는 것.

"아씨, 잘 좀 해 봐. 방금은 위험했잖아!"

"…… ."

"이러다가 하루 종일 얘만 잡고 있겠어."

하여 해탈의 경지에 이른 조나단은 정말 오롯이 전투에 집중하기 시작하였다.

'그래. 저 녀석은 없다고 생각하고 한번 싸워 보자. 젠장,

어떻게든 되겠지, 뭐.'

온 정신을 기계 표범의 움직임에 집중시켜, 필사적으로 검을 휘두르기 시작한 것이다.

까강- 깡- 까가강-!

그리고 그렇게 전투에 집중한 녀석을 힐끔 확인한 이안은, 흡족한 표정이 되어 고개를 끄덕였다.

'좋아, 좋아. 조금만 더 도와주면, 저 녀석 혼자 충분히 문지기를 처치하겠어.'

이어서 갖은 버프 스킬들과 디버프 효과들로 조나단을 서포팅한 이안은 살금살금 어디론가 움직이기 시작하였다.

'자, 이제 슬슬 시작해 볼까?'

대체 이 상황에서 무슨 짓을 하려는 것인지, 이안의 입꼬리는 이미 양쪽 귀에 걸려 있었다.

처음 이안이 조나단으로부터 퀘스트를 공유 받았을 때, 싱글벙글하며 기쁨을 주체하지 못했던(?) 이유.

조나단은 결코 이해할 수 없는 것이었지만, 그것은 당연히 조나단의 퀘스트 내용 때문이었다.

'고대 연성술의 비밀'이라는 이름을 가진, 히든 에픽 퀘스트.

그것은 과거 이안이 '미루' 퀘스트를 진행했을 때 단서를 얻었던, '고대의 정령 연성술'과도 연관이 있는 퀘스트였던 것이다.

　일단 '연성술'이라는 단어가 퀘스트 제목에 들어가 있다는 것부터가 느낌이 왔으며, 심지어 퀘스트 내용 안에 확실하게 그 연관성에 대한 언급이 들어가 있었던 것.

　그 내용은 다음과 같은 것이었다.

......전략......

하여 파프마 일족은 기계문명으로부터 버림받지 않기 위해, '고대의 연성술'에 대한 연구를 더 깊이 진행하였다.

그리고 그 결과, 정령의 영혼을 연성하여 자연의 힘이 담긴 '아티펙트'를 개발할 수 있다는 사실을 알아내었고, 그때부터 관련된 고대의 서적과 단서들을 필사적으로 모으기 시작하였다.

......중략......

파프마 일족은 그렇게 모은 단서들을 전부 자신들의 연구실이 있는 '어둠의 요새' 곳곳에 차곡차곡 저장하였다.

그리고 그중 '아티펙트'와 관련된 자료들을 '루카크의 밀실'에 보관하였다.

......후략......

　퀘스트의 내용은 사실 정령술과 관련된 것은 아니었다.

　그도 그럴 것이 암살자 클래스인 조나단이 얻은 퀘스트이니 말이다.

　해당 퀘스트를 클리어하여 조나단이 얻을 수 있는 것은,

'핏빛 정령의 톱날검'이라는 신화 등급의 초월 아티펙트였고.

그것은 이안에게 그렇게 끌리는 보상이 아니었다.

하지만 이안은 이 퀘스트의 내용 안에서 어쩌면 신화 등급의 아티펙트보다 더 큰 가치를 가진 정보를 얻었다고 할 수 있었다.

'흐흐, 난 어둠의 요새가 연성술과 관련이 있는 곳인 줄도 몰랐는데…….'

일단 미루 퀘스트 이후 한동안 끊겨 있었던 파프마 일족에 대한 단서.

파프마 일족의 연구실이 '어둠의 요새'에 있다는 사실을 알아낸 것만으로도 엄청난 정보였으니 말이었다.

파프마 일족에 대한 정보가 아예 없는 조나단으로서는 그것이 어떤 가치인지 알 수 없었지만, 이안에게는 천금을 줘도 구할 수 없는 정보였던 것.

게다가 거기서 끝이 아니었다.

퀘스트 내용에는 파프마 일족이 자신들이 수집한 고대 연성술에 대한 모든 정보를 요새 곳곳에 저장해 두었다고 했으니 말이다.

'저 표범이 지키고 있는 루카크의 밀실이라는 곳에 아티펙트와 관련된 자료가 있다면……. 또 다른 위치에는 정령 연성과 관련된 자료가 있겠지.'

하여 추측과 통찰을 통해 여러 가지 정보를 유추해 낸 이안은 조나단을 따라오지 않을 수가 없었다.

겉으로는 선심 쓰는 척했지만(과연 조나단이 선심으로 느꼈을지는 모르겠지만), 속으로는 거대한 꿍꿍이가 있었던 것이다.

'어차피 지도가 있는 한 요새를 싹 다 털어먹는 건 식은 죽 먹기일 테고…….'

조나단의 지도를 이용해 요새를 탈탈 털어 먹는다.

그 와중에 정령 연성술과 관련된 자료를 수집하고, 그에 더해 어둠의 공학자 지르딘이라는 NPC까지 찾아내면…….

'일석이조. 아니, 그 말로도 부족하군. 일석삼조, 사조는 되겠어. 흐흐.'

해서 조나단이 '기계 루카크'라는 보스급 문지기 몬스터와 전투하는 동안, 이안이 하려는 일은 아주 간단했다.

'대충 각을 보니 저 녀석…… 보스 잡는 데 한 30분은 더 걸리겠어.'

조나단이 열심히 길을 뚫는 동안, 어둠 요새를 들쑤시며 원하는 좌표를 미리 찾아 두려는 것이다.

파프마 일족의 연구소, 혹은 어둠의 공학자 지르딘이 있는 곳.

둘 중 하나 정도만 찾아도, 성공이라 할 수 있었다.

"자, 그럼 빠르게 움직여 볼까……?"

보스 룸을 잽싸게 빠져나온 이안은 지상 소환수들 중 가장 이동속도가 빠른 할리와 라이를 소환하였다.

"할리, 너는 저쪽으로. 라이 넌 반대편을 수색해."

크릉- 크릉-!

"알겠다, 주인. 크릉!"

그리고 그렇게 요새 탐사는 이안이 생각한 대로 순조롭게 흘러가는 듯 보였다.

영국 서버의 소환술사.

정확히는 '마수 소환술사' 유저인 엘던은 서버 내에서 손가락에 꼽을 정도로 최고 레벨의 랭커였다.

유럽 전체에서 최상위의 길드인 다크블러드 길드의 소속인 데다, 길드 내에서도 다섯 손 안에 들 정도로 높은 레벨을 가지고 있었으니, 소환술사로서는 최고 레벨이라는 수식어가 전혀 부족하지 않은 강력한 랭커인 것이다.

다만 그가 일반 유저들 사이에 잘 알려지지 않은 이유는 그의 플레이 스타일 때문이었다.

그는 거의 PVE 위주로 게임을 즐기는 유저였고, PVP는 거의 손도 대지 않는 스타일이었기 때문에.

상위권 유저들 사이에서나 이름이 알려져 있었지, 대중적인 인지도는 없었던 것이다.

"엇, 엘던 님, 오셨습니까."

"그래. 길드 거점에 별다른 특이 사항은 없었지?"

"옙."

"마스터는?"

"조금 전에 기사단장님과 같이, 길드 퀘 한 바퀴 돌리러 나가셨습니다."

"기사단장이라면…… 요르간드?"

"그렇습니다."

"흠, 타이밍이 조금 애매했군. 알겠다. 그럼 수고해."

"감사합니다……!"

그리고 PVE 특화 유저인 만큼, 엘던에게는 탁월한 콘텐츠 공략 능력이 있었다.

퀘스트나 던전의 각종 요소들을 파고들어 생각지도 못했던 루트를 만들어 내고, 그것으로 상위 콘텐츠들을 빠르게 선점하는 통찰력을 가진 유저였던 것이다.

그것이 바로 '엘던'이 길드 대전 같은 콘텐츠에서 전혀 기여하지 못함에도 불구하고, 다크블러드 길드에서 최고의 대우를 받을 수 있는 이유였다.

저벅- 저벅-.

오랜만에 자신의 연구실에서 나와 길드 거점을 방문한 엘던은 거점 로비에 있는 푹신한 소파에 몸을 묻었다.

애초에 길드 거점에 온 이유가 뭔가를 하기 위해서라기보다는, 머리를 식히기 위해 나왔던 것이었으니 말이다.

"흠, 대체 마지막 단서가 뭘까? 그것만 해결하면…… 새로운 레시피를 만들 수 있을 것 같은데 말이지."

엘던이 연구소에서 연구하는 것은 당연히 마수 연성술과 관련된 내용이었다.

마수 소환술사에게 더 강력한 마수를 연성해 내는 것은, 필연적으로 가장 중요한 일이었으니 말이다.

게다가 서브 클래스가 마수와 관련되어 있는 이안과 달리 아예 메인 클래스가 3티어 이상의 '히든' 마수 소환술사인 엘던은, 연성술과 관련된 상위 고유 능력들을 이안보다도 더 많이 가지고 있었다.

이안의 마수 연성술이 단순히 마수들끼리의 조합이라면.

엘던은 그것을 넘어 각종 아이템이나 재료 등을 섞을 수 있는 특수한 고유 능력까지 갖고 있었으니까.

물론 이러한 고유 능력들까지 얻게 된 것은 그리 오래 된 일이 아니었지만 말이다.

"역시 다크발록의 뿔…… 그게 필요해. 그것만 있으면 될 것 같은데……."

소파에 앉아 눈을 감고 뭔가를 생각하는지, 엘던은 계속해서 작은 목소리로 중얼거렸다.

그리고 그렇게 10여 분 정도가 지났을까?

그는 돌연 눈을 번쩍 뜨며, 자리에서 다시 일어났다.

이어서 그의 입에서 나온 이야기는, 무척이나 놀라운 것이었다.

"더 이상 기다리고만 있을 순 없지. 용천으로 직접 한번 가 봐야겠어."

마계 진영의 최상위권 유지인 그가 어떤 이유에서인지 용천에 가야겠다는 언급을 한 것이다.

"베르제브……!"

자리에서 일어나 로비 중앙으로 걸어 나온 엘던은 작은 목소리로 뭔가 주문을 외웠고.

우우웅-!

그러자 그의 앞에 너덧 살 소년 정도의 크기를 한 작은 '악마' 하나가 튀어나왔다.

-주인, 불렀는가.

"그래."

-어디로 가면 되지?

"빙룡의 정원."

-알겠다. 눈을 감도록.

구우우웅-!

엘던과 대화를 나눈 작은 악마는 순간 붉은 연기와 함께 허공으로 모습을 감추었다.

하지만 그 붉은 연기는 점점 더 크게 피어올라 엘던의 몸을 완전히 감쌌고, 곧 그 연기와 함께 엘던의 신형이 어디론가 증발하듯 사라지기 시작하였다.

'어둠의 요새'는 생각보다 그리 넓은 맵이 아니었다.

다만 무척이나 좁다란 길이 얼기설기 꼬여 있었고, 거의 대여섯 걸음에 한 번 갈림길이 나올 정도로 그 구조가 복잡했기 때문에, 지도 없이는 돌아다닐 수 없는 구조인 것일 뿐이었다.

'후, 진짜 이 지도 없었으면 어쩔 뻔했어?'

조나단에게 공유 받은 지도를 수차례 확인한 이안은, 요새 곳곳을 돌면서 좌표를 하나하나 표시하기 시작하였다.

그의 지도에 표시되어 있던 위치는 '루카크의 밀실'뿐이었고, 구조와 길이 지도에 있다고 해서 이안이 원하는 위치까지 상세하게 표시된 것은 아니었으니 말이다.

지금 이안이 하는 작업은 쉽게 말해, 지도를 '완성'하는 작업인 것.

그렇다면 이안은 대체 왜, 굳이 조나단을 보스 룸에 박아 놓고 이 작업을 시작한 것이었을까?

그 이유는 크게 두 가지였다.

첫 번째 이유는 조나단의 퀘스트가 완료되는 시점부터는, 운신의 폭이 무척이나 좁아지기 때문이었다.

그것은 조나단에게서 공유 받은 퀘스트 창의, 마지막 부분에서 알 수 있었다.

'요새가 깨어난다는 게 구체적으로 뭔진 모르겠지만……. 어지간하면 그 전에 내 퀘스트까지 다 깨는 게 베스트겠지.'

그리고 두 번째 이유.

사실 이것이 가장 중요한 이유였는데, 이것은 다름 아닌 '드라토쿠스'로부터 얻은 정보 때문이었다.

이안은 드라토쿠스와 헤어지기 전, 그로부터 얻었던 하나의 정보를 기억하고 있었던 것이다.

─지르딘은 아마 어둠의 요새에 있을 확률이 높아.

─어둠의 요새? 그게 어디지?

─그건 나도 모른다. 네가 알아내야겠지.

─쳇.

─다만 한 가지는 알고 있다.

─그게 뭔데?

─그 요새가 바로, 기계공학자들의 보물 창고 같은 곳이라는 사실 말이다.

-보물……창고?

-내가 듣기로 거긴, 기계문명 안에서도 극히 일부의 상위 공학자들만 들어갈 수 있다더군.

-……!

-뭐, 공학자가 아닌 까막눈이 보기에야 뭐가 보물인지도 모르겠지만, 하여튼 그들 사이에서는 보물창고나 다름없는 곳이라고 했다.

드라토쿠스로부터 얻은 이 정보는 어쩌면 뜬구름 잡는 이 야기였을지도 모른다.

하지만 드라토쿠스는 유저가 아닌 NPC였고, 지금까지 이 안이 경험한 바로 NPC들이 흘리는 정보들은 뭐 하나 중요 하지 않은 것이 없었으니.

이안은 조나단 몰래(?) 요새 수색을 감행한 것이다.

그리고 그 결과, 이안의 인벤토리에는 알 수 없는 시커먼 물건들이 가득 들어차고 있었다.

띠링-!

-'검은 어둠의 동력기(???)' 아이템을 획득하셨습니다!

-'마력의 연결 고리(???)' 아이템을 획득하셨습니다!

-'다크골렘 해체도립기(???)' 아이템을 획득하셨습니다!

이름을 제외하고는 그 어떤 정보도 드러나 있지 않은, 정체불명의 기계 공구들이 인벤토리에 가득 들어찬 것.

—조건이 충족되지 않았습니다.
—정보를 확인할 수 없는 물건입니다.

하지만 아이템들의 정체를 알 수 없기 때문에. 이안은 더욱 신나고 있었다.

'뭔지 다 알면, 오히려 재미없잖아?'

여기서 싹 쓸어간 아이템들이 나중에 어떤 득이 되어 돌아올지, 더욱 기대되었으니 말이다.

그렇다면 여기서 한 가지.

이안은 대체 이 쇳덩이(?)들을 어떻게 써먹으려 하는 것일까?

의외로 이안의 생각은 무척이나 단순하였다.

'켄토라면 이 물건들의 가치를 알아보겠지.'

그의 유일한 일본 친구(?)이자 '기계공학자'라는 클래스를 가진 희귀한 유저인 켄토.

이곳에서의 퀘스트가 끝난 뒤 이 아이템들을 몽땅 가지고, 그를 찾아가 볼 생각이었던 것이다.

물론 이안의 이 고물 수집(?)이 어떤 결과가 되어 돌아올지는 아무도 모를 일이었다.

띠링-!

−복원된 고대의 기계 괴수, '기계 루카크'를 성공적으로 처치하셨습니다!

−강력한 보스 타입의 몬스터를 처치하셨습니다.

−처치 기여도 : 95.42%

……중략……

−'블러드 기어Blood Gear'를 획득하였습니다.

−조건이 충족되었습니다!

−'루카크의 밀실'로 통하는 게이트웨이를 작동시킬 수 있습니다.

익숙한 기계음과 함께, 눈앞에 주르륵 떠오르는 시스템 메시지들.

하지만 하얀 빛으로 시스템 메시지가 반짝이고 있었음에도, 조나단의 눈에는 그것들이 전혀 들어오지 않고 있었다.

"허억, 허억……."

지금 조나단은 가만히 서 있는 것만으로도 다리가 후들거릴 정도로 모든 체력이 고갈된 상태였으니 말이었다.

"후우…… 해……냈다."

이안이 30여 분 정도를 예상했던 것과 달리.

조나단이 보스 몬스터를 처치하는 데까지 걸린 시간은 거의 1시간에 수렴하였다.

이안이 자리를 뜰 때까지는 나름 순조롭게 공략이 진행되는 듯하였으나, 전투의 마지막 페이즈가 암살자에게 거의 지옥 같은 패턴이었던 것이다.

결과적으로 클리어하긴 하였으나, 다시 한번 해보라면 할 자신이 없는 조나단.

심지어 마지막 순간에는 이안이 와서 막타(?)라도 쳐 줬으면 좋겠다고 생각했을 정도였으니, 그의 전투가 얼마나 처절했는지는 충분히 짐작할 수 있는 것이었다.

'이 미친놈은…… 막타는 지가 칠 거라더니 왜 안 나타나는 거야?'

부들부들 떨리는 몸으로 한동안 숨을 고른 조나단은 겨우 기력(?)을 되찾고 드롭 아이템을 줍기 위해 기계 괴수의 사체를 향해 걸어갔다.

얼마나 체력이 떨어졌으면, 드롭된 장비들조차도 곧바로 회수하지 못한 것이다.

"후, 그래도 확실히 괜찮은 걸 많이 떨궜군."

털썩-!

아이템을 회수한 뒤 구석에 걸터앉은 조나단은 천천히 숨을 고르며 빠르게 상태를 점검하였다.

이어서 턱밑까지 차오른 숨을 어느 정도 고르고 난 그는 주변을 두리번거리며 누군가(?)를 찾아보았다.

'흠, 이놈…… 갑자기 사라지더니 왜 아직까지 안 보이는 거지?'

조나단의 입장에서 이안은 정말 이해할 수 없는 행동만 보여 주는 괴짜였다.

대체 그가 뭘 위해 움직이고 있는지 전혀 짐작이 안 되었으니 말이다.

'내 퀘스트를 같이 클리어하면, 제법 괜찮은 보상을 받을 텐데…… 이걸 여기까지 도와 놓고, 그냥 자기 퀘스트를 하러 갔을 리는 없겠고.'

조나단은 알고 있었다.

보스 전투 자체는 거의 자신이 다 한 셈이었지만, 이안의 도움이 꽤나 큰 영향을 주었다는 사실을 말이다.

애초에 이안이 없었더라면 보스 룸에 도착하기까지도 수 배 이상의 시간이 걸렸을 테고, 보스전에서도 높은 확률로 패배했을 것을 아는 것이다.

철컥-!

때문에 조나단은 밀실의 열쇠인 '블러드 기어'를 들고 있던 손을 잠시 멈칫하였다.

이안이 돌아오기 전에 혼자 밀실에 쏙 들어가 버리는 것은 조금 미안했으니 말이다.

'흠, 한 10분 정도만 기다려 볼까.'

물론 완전한 호의로 이안을 기다리는 것은 아니었다.

솔직히 말하면 조나단은 이안에게 공유받기로 한 그의 퀘스트도 탐이 났으니 말이다.

다른 모든 이유들을 떠나, 카일란 게임 인생에 '측정 불가 Unknown' 난이도의 퀘스트는 처음 봤으니까.

'게다가 그 정도 실력자라면…… 친분을 둬서 나쁠 것도 없겠고.'

하지만 이러한 조나단의 생각이 산산이 부서지는 데에는 그리 오랜 시간이 걸리지 않았다.

조나단이 고개를 돌림과 동시에, 어느새 익숙해진 얄미운 목소리가 그의 귓전을 파고들었으니 말이었다.

"친구, 문 안 따고 뭐 하는 거야?"

"뭐? 대체 언제……!"

"휴우, 기다리다가 잠들 뻔했네. 빨리 문이나 따 봐. 할 일이 태산이니까 말이야."

대체 언제 나타난 것인지, 어느새 바로 뒤에서 하품을 쩍쩍 하고 있는 이안.

'대체 이놈은…….'

그와 눈이 마주친 조나단은 표정 관리를 위해 안면 근육에 힘을 줘야만 했다.

"언제부터 거기 있었던 거냐?"

"한 30분 전?"

"그런데 그냥 구경만 했다고?"

"아니."

"······?"

이안의 얄미운 대사가 적응되었다고 생각했던 것은 그저 착각에 불과했던 것이다.

"저 구석에서 잠깐 잤는데."

"누군 죽다 살아났는데, 그걸 말이라고."

"흐아아암, 피곤해 죽겠네."

"방금 전까지 퍼질러 잤으면서······?"

"퀘 한다고 거의 사흘 만에 잔 거니까."

"후, 또 허세는······."

고개를 절레절레 저은 조나단은 다시 벽면에 나타난 기계 표범의 입에 망설임 없이 블러드 기어를 꽂아 넣었다.

철컥– 드르륵–!

그러자 그 안쪽의 톱니바퀴가 매끄럽게 맞물리며, 굳건히 닫혀 있던 철문이 양쪽으로 열리기 시작하였다.

그긍– 그그긍–.

쿵–!

그리고 그 앞에서 잠시 티격태격하던 두 사람은 약속이라 도 한 듯 말을 멈추고 게이트의 안쪽을 향해 시선을 고정시 켰다.

철문의 안쪽에 있을 장소가 바로, 이 히든 퀘스트의 진정한 보상이나 다름없는 것이었으니 말이다.

우우우웅-!

어두컴컴한 어둠 속에 잠겨 있던 공간에, 문 밖의 빛이 천천히 스며 들어간다.

이어서 서서히 드러난 공간은 무척이나 특이한 생김새를 가지고 있었다.

성인 남성 둘이 동시에 걷기도 좁을 만큼 협소한 복도와, 그 안쪽에 만들어진 작은 육면체의 공간.

그 공간을 지켜보던 이안의 두 눈이 반짝이기 시작하였다.

복도 너머의 어둠 안에서, 책장처럼 생긴 구조물을 희미하게 발견한 것이다.

'자, 저 안 어딘가에…… 황금빛 고서古書가 있을 텐데.'

조나단이 가져온 퀘스트인 '고대 연성술의 비밀' 퀘스트.

이 퀘스트를 완수하기 위해 필요한 마지막 퀘스트 아이템이 바로 이안이 언급한 황금빛 고서였고.

때문에 그것은 루카크의 밀실 안에 분명히 존재할 수밖에 없었다.

그리고 그 황금빛 고서라는 아이템을 찾는 것은, 전혀 어려운 일이 아니었다.

당장이라도 쓰러질 것처럼 생긴 낡은 책장에는 황금빛으로 빛나는 단 한 권의 책만 덩그러니 놓여 있을 뿐이었으니 말이다.

저벅- 저벅-.

복도 안으로 들어가 서책을 발견한 이안이 낮은 목소리로 중얼거렸다.

"이게 그 황금빛 고서라는 물건인가 보군."

"아마도 그렇겠지."

이어서 이안의 중얼거림에 대답한 조나단의 표정은 무척이나 상기되어 있었다.

이 서책을 손에 넣는 순간, 일단 퀘스트의 조건은 성립되는 셈이었으니 말이다.

'이 퀘스트만 완료되면…… 드디어 신화 등급 초월 무기를 써 볼 수 있는 건가.'

물론 서책을 들고 무사히 이 요새를 빠져나가야 된다는 마지막 관문이 있긴 했지만, 그 정도는 충분히 자신이 있었다.

몸 하나 빼내는 데에는 암살자만큼 유리한 클래스도 없었으며, 게다가 혼자도 아니고 이안과 함께라면 크게 어렵지 않을 것 같았으니 말이다.

하여 책장의 앞에 다가선 조나단은 황금빛으로 반짝이는 책의 표면을 향해 천천히 손을 뻗었다.

하지만 다음 순간.

"잠깐."

그것을 집어 들려던 조나단은 멈칫하고 고개를 돌릴 수밖에 없었다.

돌연 이안이 무척이나 진지한 목소리로 그를 불러 세웠으니 말이다.

"잠깐 멈춰 봐, 친구."

"음? 또 무슨 얘길 하려는 거지?"

조나단과 눈이 마주친 이안이 씨익 웃으며 입을 열었다.

"내가 지금 너에게, 한 가지 선택권을 주려 하거든."

"선택……권?"

그의 반문에 이안은 고개를 주억거리며, 천천히 다시 입을 열었다.

"그걸 집어 들고 여길 나가는 순간, 너는 퀘스트를 클리어하고 신화 등급의 초월 무기를 얻을 수 있겠지."

"뭐, 퀘스트 보상이니, 당연하겠지."

이안의 목소리에는 아직도 약간의 장난기가 어려 있었지만, 그것은 이전처럼 가벼운 것은 아니었다.

"하지만 만약 그걸 포기하고 내게 넘긴다면, 내게 더 큰걸 얻어 갈 수도 있을 거야."

"……?"

"네가 저 무식한 고철 덩어리랑 싸우는 동안, 나는 저 황금고서黃金古書의 비밀을 알아냈거든."

"그러니까 이 퀘스트 템을 너한테 넘기라고?"

"그렇지."

"내 퀘스트를 포기하고?"

"빙고!"

조나단은 어이가 없었지만, 그래도 경거망동할 수는 없었다.

지금껏 이안이 보여 준 범상치 않은 행동들과 전에 없던 그의 진지한 목소리가, 뭔가 그의 직감을 건드리고 있었으니 말이다.

"그 선택. 지금 당장 해야 하는 건가?"

조나단의 물음에 이안이 고개를 끄덕이며 답하였다.

"물론. 그렇지 않았더라면 지금 얘기를 꺼내지도 않았겠지?"

"이유는?"

"그 책을 네가 집어 드는 순간, 그건 더 이상 퀘스트 템 이상의 가치를 가질 수 없게 되니까."

"······!"

조나단과 다시 눈이 마주친 이안이 씨익 웃으며 입을 열었다.

"만약 네가 그 책을 들고 나가야겠다면…… 뭐 아쉬운 건 어쩔 수 없겠지만 약속대로 도와는 줄 거야."

"으음……."

"그 책 하나 정도 포기하는 건, 전체를 보면 아주 큰 것도 아니거든."

이안의 말을 듣던 조나단은 점점 더 혼란스러워질 수밖에 없었다.

그가 지금 무슨 이야기를 하고 있는지, 그로서는 이해할 방법이 전혀 없었으니 말이다.

다만 한 가지 확실한 것은 이안이 지금 헛소리를 하고 있는 게 아니라는 것이었다.

척-.

어느새 이안의 왼손에 낯익은 물건이 들려 있었으니 말이었다.

'이건…… 밀실의 열쇠잖아?'

조나단이 기계 표범으로부터 얻었으며, 이 밀실에 들어오기 위해 사용했던 열쇠인 블러드 기어.

그것과 거의 비슷한 생김새에 푸른빛을 띤 톱니바퀴가, 이안의 손에 들려 있었던 것이다.

'젠장, 도박을 한번 해 봐?'

그리고 그런 그의 심경 변화를 느낀 것인지, 이안이 다시 입을 열었다.

"이 이상은 더 얘기해 줄 수 없어, 친구. 네가 나와 함께하지 않을 거라면, 말해 줄 수 없는 정보거든."

"……."

"대신 한 가지 약속할 수 있는 건……."

조나단을 향해 이야기하던 이안은 돌연 말을 흐리며 오른손을 자신의 투구에 가져다 대었다.

이어서 얼굴을 가리고 있던 황금빛 투구를, 천천히 들어 올리며 다시 입을 열었다.

"내 이름을 걸고, 포기한 퀘스트의 보상보다 훨씬 큰 걸 줄 수 있다는 정도?"

그리고 이안의 말이 끝난 순간, 장내에는 정적이 흐를 수밖에 없었다.

땀과 먼지로 인해 조금 꾀죄죄하기는 했지만, 조나단이 이안의 얼굴을 알아보지 못했을 리 없으니 말이었다.

이안의 말에 대답하는 대신, 조나단은 완전히 굳어 버린 것.

"……!"

그런 그를 향해, 이안이 씨익 웃으며 다시 입을 열었다.

"이거, 흔치 않은 기회라고, 친구."

"이럴…… 수가."

"나랑 같이 퀘스트해서, 지금까지 손해 본 사람은 아무도 없었거든."

그리고 그것으로 조나단은 더 이상 고민할 수 없었다.

'이안'이라는 이름 하나만으로도, 지금껏 그가 떠들어 댔던 허세스러운 대사들이 전부 진실이 되어 버리니 말이었다.

척-

이어서 황금빛 서책 대신 이안이 내민 손을 맞잡은 조나단은 고개를 끄덕이며 대답하였다.

"좋아. 그 말…… 한번 믿어 보도록 하지."

그리고 이안의 얼굴을 다시 한번 확인한 조나단은 자신의 결정에 후회가 없을 것임을 확신할 수 있었다.

적어도 지금 이 순간만큼은 말이었다.

어둠의 요새, 그리고 연성술의 비밀

Taming
Master

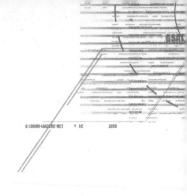

이안은 평소 게임을 플레이할 때, 어지간해서는 정체를 숨기고 다니는 편이다.

아이디나 레벨이야 거의 모든 랭커들도 비공개로 다니는 편이었지만, 이안은 아예 외형까지도 유저들이 알아볼 수 없는 룩을 착용하였다.

이제는 글로벌 서버라 할지라도 그를 알아보지 못하는 유저가 거의 없을 정도였으니.

사실상 얼굴을 드러내 놓고 다니면, 아이디, 레벨을 비공개해 둔 것이 의미 없는 수준이었으니 말이다.

그리고 이렇게 정체를 숨기는 이유는 크게 두 가지 정도로 나눌 수 있었는데.

첫째는 귀찮아서.

그리고 둘째는, 다른 유저로 인한 변수나 위험 요소를 미리 차단하기 위함이었다.

정령계같이 인간 진영이 메인인 필드를 돌아다닐 때야 별다른 변수가 생길 일이 없었지만.

이렇게 라카토리움이나 엘라시움 같은 마계 진영을 돌아다닐 때에는, 충분히 마족 진영 유저들의 방해가 들어올 수 있었으니 말이다.

물론 전투력으로 따지자면 어지간한 랭커들은 이안에게 위협조차 되기 힘들 테지만, 변수나 리스크가 꼭 직접적인 전투에만 한정되는 것은 아니었으니까.

'쓸데없는 변수는 만들지 않는 게 상책이지.'

그 때문에 이안이 조나단에게 정체까지 밝혀 가며 먼저 손을 내민 데에는 당연히 그만한 이유가 있었다.

전체를 보면 서책 하나가 그렇게 크진 않다며 허세를 떨긴 했지만, 사실 조나단의 퀘스트 템은 제법 중요한 물건이었으니 말이다.

'저걸 포기해도 정령 연성술에는 영향이 없지만……'

이안의 입장에서 조나단의 황금 서책은 보너스 같은 느낌이었는데, 알고 보니 그 보너스가 거의 기본 보상에 맞먹을 정도로 강력했으니까.

'기왕 하는 거 아티펙트 연성술까지 배우면 좋으니까.'

조나단이 기계 보스와 사투를 벌이던 그 시간 동안, 이안은 사실 '기계공학자 지르딘'을 이미 찾아냈었던 것이다.

이안이 어둠의 요새에 들어온 이유이자, 끊겨 버린 정령계에픽 퀘스트의 실마리가 될 퀘스트인 '어둠의 기계공학자 지르딘' 퀘스트.

이안은 지르딘을 찾아내었지만, 그것으로 퀘스트가 끝난 것은 아니었다.

"흐으음…… 마력환원장치에 대해 알고 싶다고?"

"그렇습니다, 지르딘 님. 정확히는 그것의 봉인을 해제할 방법을 알고 싶습니다."

"설마 그렇게 말하면, 내가 순순히 알려 줄 것이라고 생각한 건 아니겠지?"

"물론입니다. 가는 것이 있어야 오는 것도 있는 법."

"클클, 세상의 이치를 잘 아는 친구로구먼."

"혹시 대가로 원하시는 게 있으십니까?"

"좋아. 오랜만에 말이 잘 통하는 녀석이로군."

퀘스트가 단순히 그를 찾아내고 끝나는 것이 아닌, 다음과 같은 내용이었으니 말이었다.

어둠의 기계공학자 지르딘(에픽)(히든)(연계)

당신은 물의 부족들이 있던 샤이야 산맥에서, 그들의 흔적을 찾아내는 데 성공하였다.

하지만 한발 빨리 공격해 온 기계문명의 병력으로 인하여, 물의 부족들은 깊은 심연 속에 봉인되어 버렸다.

……중략……

하여 꽁꽁 얼어붙은 샤이야 산맥을 다시 깨워 내려면 생명의 성소에 걸린 봉인을 풀어내야 하고, 봉인을 풀기 위해서는 어둠의 군단이 설치해 둔 '마력환원장치'를 해제할 수 있어야 한다.

……중략……

드라토쿠스로부터 얻은 정보에 의하면, '어둠의 기계공학자 지르딘'이라는 인물이 마력환원장치를 해제할 방법을 알 것이라고 한다.

그의 연구소가 있다는 어둠의 요새로 향하여, 그를 찾아보도록 하자.

만약 그를 찾아내어 그의 부탁을 들어준다면, 지르딘은 당신에게 마력환원장치에 대한 이야기를 해 줄 것이다.

*지르딘의 부탁(???)(봉인)

조건이 충족될 시, 내용을 확인할 수 있습니다.

퀘스트 난이도 : SSS+

추천 레벨 : ???(초월)

퀘스트 조건 : '기계대전쟁' 에피소드 진행, '정령왕의 대리인' 칭호 보유

제한 시간 : 알 수 없음

보상 : 마력차단기(전설)(초월)

*한 번이라도 실패할 시, 다시 수행할 수 없는 퀘스트입니다.

이안이 1시간 동안 할 수 있었던 것은 지르딘을 찾아내는 것 정도였지, 그의 '부탁'까지 해결하여 퀘스트를 클리어할 정도는 아니었던 것.

'애초에 그 정도로 쉽게 끝낼 수 있는 퀘였다면, 난이도가 트리플 에스로 책정됐을 리 없겠지.'

하여 이안은 일단 지르딘으로부터 그가 원하는 것을 들어 보았고, 그것은 무척이나 흥미로운 내용들을 담고 있었다.

"내가 원하는 건, 간단해."

"……?"

"이 요새 안에 있는 황금빛 고서들을 찾아 주는 것."

"황금빛 고서라면……?"

"고대의 연성술에 대한 이론들이 총 망라되어 있는 고대의 서적이라 할 수 있지."

처음 지르딘과 이야기할 때, 이안은 다소 어리둥절할 수밖에 없었다.

그와의 대화 내용이, 이안이 예상했던 것과 완전히 다른 방향이었으니 말이다.

'뭐지? 왜 요새 안에 있는 걸 찾아 달라는 부탁을 하는 거야?'

이안이 생각하기에 지르딘은 당연히 기계문명의 인물일 것이었고, 때문에 이 어둠의 요새가 그의 것일지도 모른다는 생각까지 하고 있었는데, 역으로 요새 안에 있는 물건을 찾아달라는 부탁을 자신에게 하니, 의아할 수밖에 없었던 것이다.

이안의 입장에서 당연히 지르딘의 부탁은 이 요새 바깥에서 해야 할 임무라고 생각했던 것.

그 때문에 이안은 지르딘에게 다시 물어보지 않을 수 없었다.

"그것을 구하는 것이, 많이 어려운 일인가요?"

"그건 왜 묻지?"

"직접 하셔도 쉬울 일이라면, 굳이 제게 부탁하실 이유가 없을 테니까요."

이안의 질문에, 지르딘이 피식 웃으며 답하였다.

"물론 쉬운 일은 아니지만, 내가 하는 것보단 네가 하는 것이 훨씬 쉬운 일이지."

"음……?"

"나는 이 연구소 밖으로, 나갈 수 없는 몸이니 말이야."

지르딘의 이야기는 놀라운 것이었다.

당연히 기계문명과 같은 진영의 인물이라 생각했던 그에게, '약간'의 스토리가 있었으니 말이다.

"연구소 밖이라면…… 아예 이 방 바깥으로 나가실 수 없다는 말인가요?"

"그래. 그 말이 아니면 무슨 말이겠나?"

지르딘의 말에 의하면, 과거 자신은 하나의 기계학파를 이끌던 수장이라 하였다.

하지만 세력 싸움에서 결국 찰리스에게 압도당하였고, 덕분에 이 어둠의 요새 안에 갇혀 살아야 하는 신세가 되었다고 하였다.

"사실 나는 그때 죽은 몸이나 다름없었지."

"……!"

"자네가 알고 싶다는 그 '마력환원장치'의 도움이 아니었다면 말이야."

"그게 무슨……?"

"완전히 멈췄던 내 심장이 다시 뛰게 만들어 주는 것이, 바로 이 연구실 안에 있는 마력환원장치니까."

지르딘을 처치하려던 찰리스는 그의 재능을 아깝게 여겨 목숨을 부지시켰고, 대신 마력환원장치를 이용하여 영원히 이 방 안에서 나갈 수 없는 몸으로 만들어 버렸다고 하였다.

"잔인……하군요."

"하지만 나는 그에게 딱히 불만은 없어."

"어째서요?"

"반대로 내가 그 세력 싸움에서 이겼더라면, 나는 녀석을 망설임 없이 죽였을 테니 말이지."

"…….'

하지만 재밌게도 지르딘은 오히려 이 연구실에 갇힌 이후로 행복을 찾았다고 하였다.

권력과 탐욕에서 벗어나 오롯이 연구만 하며 살 수 있는 삶이 그를 고통해서 해방시켜 줬다는 것이다.

"그리고 세력 다툼의 스트레스에서 벗어나 이 연구실에 남아 연구를 계속할 수 있다는 것만으로도, 나는 제법 행복하게 살고 있으니 말이야."

"정말 특이하신 분이네요."

"뭐, 그렇게 느끼는 게 당연하겠지."

그리고 지르딘의 그 이야기 끝에서, 이안은 황금빛 고서에 대한 정보를 얻어 낼 수 있었다.

"그럼 그 황금빛 고서를 원하시는 이유는 뭐죠? 이 안에서 연구만 하셔도 행복하시다면서요."

"후후, 그야 간단해."

"……?"

"연구거리가 이제, 다 떨어져 버렸으니 말이야."

"켁."

"하지만 자네가 이 요새 어딘가에 숨겨져 있을 고서를 찾아다 준다면, 난 또 한동안 즐거운 삶을 살아갈 수 있겠지."

"그, 그렇군요."

"고대의 연성술이라면, 내가 지금껏 연구해 보지 못했던 새로운 영역을 충분히 발견할 수 있을 테니 말이야."

지르딘의 얘기가 끝남과 동시에, 퀘스트와 관련된 새로운 시스템 메시지들이 주르륵 떠올랐으니 말이었다.

띠링-!

―조건이 충족되었습니다.

-'지르딘의 부탁' 내용이 생성됩니다.

지르딘의 부탁

어둠의 요새 어딘가에 있을 '황금빛 고서'들 중 하나 이상을 지르딘에게 가져다 줄 것. (만약 두 권 이상의 고서를 가져온다면, 숨겨진 보상을 추가로 획득할 수 있습니다.)

지르딘의 이야기와 시스템 메시지를 확인한 이안은 재빨리 머리를 굴리기 시작하였다.

'숨겨진 보상? 그리고 황금빛 고서가 여러 권이라는 건……'

이어서 다시 지르딘과 눈이 마주친 그는 은근슬쩍 정보를 캐기 시작하였다.

"두 권 이상의 고서를 가져다드린다면…… 제게 뭘 해 주실 수 있나요?"

"허허, 두 권 이상이라……. 글쎄, 자네의 능력으로 그게 가능할까?"

"어쨌든 가능하다고 가정한다면요."

이안의 물음에 잠시 고민하던 지르딘은 주름진 입을 다시 천천히 열었다.

그리고 이안과의 대화가 이어질수록, 더 놀란 표정이 될 수밖에 없었다.

"글쎄, 그것은 자네가 원하는 게 무엇인가에 따라 달라지겠지."

"제가 원하는 게 고대 정령 연성술을 배우는 것이라면⋯⋯."

"⋯⋯!"

"가능한가요?"

이안이 그에게 원한 것이 그로서는 생각지 못했던 것이었으니 말이다.

"흐으음⋯⋯."

잠시 뜸을 들인 지르딘의 입이 다시 열렸다.

"조금 애매한 대답이지만, 가능할 수도, 그렇지 않을 수도 있다네."

"그게 무슨 말씀이시죠?"

"자네가 가져온 그 황금빛 고서 중에, 정령 연성술이 포함되어 있어야 가능할 테니 말이지."

"⋯⋯!"

"나조차도 고서 없이는, 불완전한 정령술밖에 알려 줄 수 없으니 말이야."

지르딘의 말에 뭔가 번뜩이듯 떠오른 이안은 재빨리 다시 입을 열었다.

"그렇다면 지르딘 님."

"말씀하시게."

"제가 만약 이 요새 안의 모든 고서를 가져온다면, 그 모든 내용을 제게도 가르쳐 주실 수 있으십니까?"

"……!"

"고대 연성술의 연구에는 저도 관심이 많았거든요."

이안의 파격적인 제안에, 지르딘은 잠시 말을 잃을 수밖에 없었다.

우선 그것이 가능할지도 의문이었지만, 이런 제안을 할 것이라고는 생각지도 못했으니 말이었다.

"크흐으음……."

하지만 지르딘은 오래 고민하지 않았다.

이미 속세에 대한 미련을 전부 버린 그에게, 이안의 제안은 전혀 나쁠 것이 없었으니 말이다.

지르딘으로서는 모든 황금 고서를 얻을 수 있다면, 그것만큼 좋은 딜이 없었으니까.

"좋아, 이안. 할 수 있다면 한번 해 보시게."

"오……!"

"만약 자네가 두 권 이상의 고서를 가져온다면, 그것들의 내용을 자네와도 공유하도록 하지."

ㅡ패기도 좋지만…… 너무 욕심은 부리지 마시게.

ㅡ알겠습니다, 지르딘. 할 수 있는 만큼만 할 테니 너무 걱정 마세요.

─난 자네가 욕심 없이, 단 한 권의 황금서라도 가져오길 바라니 말이야.

─흐흐, 알겠습니다.

─황금 고서에 일단 손을 댔다면, 무조건 이 연구실로 튀어오고.

─그거야 당연하죠.

지르딘에게 들었던 마지막 이야기를 떠올린 이안은 고개를 절레절레 저었다.

'역시, NPC가 괜히 그렇게 경고하는 건 아니었어.'

지르딘의 경고는 두 가지였다.

첫째는 '황금 고서'에 손을 대는 순간, 새로운 페이즈가 시작된다는 것.

고서에 손을 대는 순간 요새의 관리자가 이안의 존재를 알게 되고, 그들에게 발각되기 전에 도망쳐야 한다는 것이다.

물론 원래대로라면 요새 밖으로 도망치는 게 맞았지만, '지르딘' 퀘스트를 받은 이안의 경우는 두 가지 선택지가 있었다.

요새 밖으로 도망치거나, 지르딘의 연구소로 도망치거나.

지르딘의 연구소 안은, 관리자들도 함부로 들어올 권한이 없다는 것이다.

그리고 두 번째 경고.

그것의 내용은 다음과 같았다.

―이 요새 안을 지키는 기계 괴수들은 전부 기계 동력을 공유한다네.

―동력을…… 공유한다고요? 그게 무슨 말이죠?

―요새의 동력 장치가 생산해 낼 수 있는 에너지는 한정적이기 때문에, 기계 괴수들이 그걸 나눠 사용한다는 말이지.

―그게, 무슨 문제라도 있나요?

―결론만 말하자면, 한 놈이 파괴될 때마다 다른 놈들이 강해진다는 이야기야.

―아……?

―녀석을 유지하는 데 들어가던 동력이 다른 문지기들에게로 공유되니, 당연한 얘기겠지.

―그런…… 시스템이군요.

―그래서 욕심 부리지 말라는 이야기를 여러 번 하는 걸세.

―이해했습니다, 지르딘.

사실 처음 연구소를 나왔을 때만 하더라도, 이안은 무척이나 의기양양한 상태였다.

연구소를 찾아오기 전 이미 조나단이 상대하는 기계 표범의 전투력을 확인하였고.

결국 여러 권의 고서를 손에 넣는 것은 그런 수준의 보스

들만 잡으면 되는 것이라고 생각했으니 말이었다.

　물론 지르딘이 말한 '페널티'를 쉽게 생각한 것은 아니었지만, 그래도 단순히 '버프' 효과를 받는 수준으로 이해한 것이다.

　하지만 조나단과 함께 세 번째 보스를 상대할 때쯤, 이안은 그게 아니라는 걸 몸으로 체감할 수 있었다.

　"미친, 이놈 왜 이렇게 세?"

　"분명 레벨은 똑같은데…… 버프 효과가 생각보다 큰 거 아니야?"

　"바짝 긴장해야 할 것 같아, 조나단."

　"알겠다. 어그로 좀 부탁해 이안."

　두 번째 녀석은 조나단이 상대하던 기계 표범과 큰 차이가 나지 않았는데, 세 번째 문지기부터는 완전히 다른 느낌이었던 것이다.

　하여 이안의 머릿속엔, 한 가지 가정이 번쩍 스쳐 지나갔다.

　'이거 설마, 주먹구구식 곱 연산인가?'

　지르딘의 '동력을 공유한다'는 말이, 단순히 조금 강해지는 것이 아니라 완전히 그 전투력을 흡수한다는 의미가 아닌지, 합리적 의심(?)을 시작한 것이다.

　'문지기가 총 다섯이라고 했으니까…… 하나가 처치됐을 때 나머지가 1.25배 강해지고…… 두 마리가 처치되면 1.66

배로 강해지는 개념이라면……?'

그리고 전투가 길어지면 길어질수록, 이안은 확신이 들기 시작하였다.

공격력이나 방어력 같은 세부 능력치야 전투만으로 파악해 내기 힘들었지만, 보스의 생명력이 대충 얼마인지는 누적된 대미지만 봐도 알 수 있으니 말이다.

'약 1.55배…… 보스 스텟이 완전히 같진 않을 테니. 이거 얼추 맞는 것 같은데?'

그리고 거기까지 생각이 미치자, 이안은 마른침을 삼킬 수밖에 없었다.

일단 세 번째 녀석까지는 어려워도 잡을 만했지만, 계산상으로 네 번째 녀석부터는 지옥이었으니 말이다.

'다음 녀석의 전투력은 대략 2.5배 정도일 테고…….'

특히 하나가 남았을 때 모든 동력이 그 녀석에게로 몰리는 순간.

'마지막 녀석은 5배……? 진짜 미친 수준이겠네.'

최후의 문지기는, 이제껏 상대하던 녀석들과 아예 다른 차원의 보스가 되는 것이다.

그 때문에 이안은 어쩔 수 없이 계획을 변경해야만 했다.

어지간하면 남들이 볼 때 무모한 도전이라도 즐기는 타입의 유저가 이안이었지만, 이건 이안이 생각하기에도 너무 무리수였으니 말이다.

대충 머리로 계산해 봐도, 마지막 보스를 잡아낼 확률은 3할 미만.

게다가 거기서 죽기라도 한다면 나머지 네 권의 황금 고서까지 잃어버릴 테니, 도박하기에는 리스크가 너무 어마어마한 것이다.

'어떻게든 네 번째 놈까진 잡아 본다. 설마 마지막 남은 한 권에, 정령 연성술이 들어가 있지는 않겠지.'

하여 생각을 정한 이안은 세 번째 보스를 처치한 뒤 다시 고민에 빠졌다.

마지막 남은 두 밀실 중, 어디를 선택해야 후회하지 않을지 말이다.

하지만 언제나 그래 왔듯, 카일란의 콘텐츠는 생각대로만 흘러가지 않았다.

"조나단. 마지막으로 여길 뚫자."

"네 이야기대로라면 방금 전 녀석보다도 훨씬 강력할 텐데……."

"그렇겠지."

"가능하겠나?"

"가능하게 만들어야지."

"……."

두 사람이 마지막으로 선택한 밀실에 발을 디딘 순간.

전혀 예상치 못했던 상황이 펼쳐지기 시작했으니 말이었

테이밍마스터

다.

띠링-!

-파티원 '조나단'이 '어둠의 기계 호랑이'를 작동시켰습니다.
-핏빛 기운이 기계 설비를 움직입니다.
-조건이 충족되었습니다.
-'기계 세카토르'가 복원되었습니다.

구궁- 구구궁-!
처음에는 이제까지와 다를 바 없이 기계 설비들이 작동하는 듯싶었으나…….

-조건이 충족되었습니다.
-기계 동력 감응으로 인해, '어둠의 기계 그리핀'이 작동하기 시작합니다.

"……!"
"미친?"

-핏빛 기운이 기계 설비를 움직입니다.
-'기계 세카루 그리핀'이 복원되었습니다.

어떤 이유에서인지 반대편 벽이 움직이며, 마지막 하나의 밀실까지 같이 열려 버린 것이었다.

"하, 제기랄."

"우리 설마…… 두 놈을 잡아야 하는 거냐?"

"빙고."

"후…… 그러게 욕심 내지 말자니까……."

꿍음과 함께 벽면에서 모습을 드러내는 두 마리의 기계 괴수들을 보며, 조나단의 얼굴은 까맣게 죽을 수밖에 없었다.

그가 생각하기에 이 마지막 두 마리를 상대하는 것은, 거의 불가능에 가까운 일이었으니 말이다.

"지금이라도 튀는 건 어때?"

조나단의 물음에, 이안이 뒤편을 슬쩍 턱짓으로 가리키며 되물었다.

"그게 될 것 같냐?"

그리고 그가 가리킨 방향을 확인한 조나단은 침묵할 수밖에 없었다.

기기깅- 콰앙-!

"……."

어느새 그들과 기계 괴수들이 있는 공간은 완벽한 밀실로 변하고 말았으니 말이었다.

"후, 진짜 뭣 같은 상황이군."

하지만 어째서인지, 이안의 표정은 의외로 싱글벙글이었

다.

"즐기라고 친구."

"그걸 말이라고……?"

"어쩌면 이게, 다섯 마리 전부를 잡을 수 있는 기회인지도 모르니까."

"뭐?"

조나단의 반문에 어깨를 으쓱해 보인 이안은, 씨익 웃으며 소환수들을 전부 소환하기 시작하였다.

우웅- 우우웅-!

그리고 그것을 확인한 기계 괴수들이, 날카로운 기계음을 뿜어내며 으르렁거리기 시작하였다.

키이이잉-!

키에에에엑!

집채만 하다는 표현조차 부족할 정도로, 거대한 덩치를 가진 기계 호랑이 한 마리와, 핀과 꼭 닮은 외형의 사나운 기계 그리핀 한 마리.

둘은 동시에 이안과 조나단을 향해 달려들었고, 그것으로 어둠의 요새 최후의 전투가 시작되었다.

모든 문지기를 처치하고, 모든 황금빛 고서를 얻을 수 있는 기회라는 말.

　이안의 이 말을 조나단은 단순히 허세라고 생각했지만, 실상은 전혀 그렇지 않았다.

　이것은 분명 예상치 못했던 극단적인 전개였으나, 이안이 당황한 것은 정말 잠깐뿐이었으니 말이다.

　이미 사망 페널티를 머릿속에 떠올리고 있는 조나단과 달리, 이안은 이 전투에서 정말 이길 수 있다고 생각하고 있었으니까.

　'관건은 하나. 절대로 한 놈을 먼저 잡아서는 안 돼.'

　그리고 이안의 그 생각은 결코 근거 없는 자신감이 아니었다.

　이 요새 안의 기계 문지기 시스템이 어떻게 생겨먹은 건지, 이제 이안은 정확히 파악하고 있었으니 말이었다.

　이안이 보기에 이 두 녀석을 동시에 상대하는 것은 마지막 남은 한 놈을 상대하는 것보다 훨씬 할 만한 일이었다.

　'전투력이 5배 뻥튀기된 놈 하나 잡는 것 보다, 2.5배 두 마리 잡는 게 훨씬 더 쉬운 일이니까.'

　조나단은 결코 상상하지 못했겠지만, 지금까지 이안은 모든 전력을 꺼내어 싸운 것이 아니었다.

　지금까지의 보스들이 쉬워서 그랬다고 하기보다는, 더 강력해질 뒤의 보스를 위해 자원을 아껴 둔 것이다.

　재사용 대기시간이 30분 이상인 고유 능력이나 스킬들은 어지간하면 사용치 않고 있었던 것.

하지만 이제 더 이상 뒤를 걱정할 필요는 없었으니, 이안은 모든 전력을 동원하여 두 기계들과 싸워 볼 생각이었다.

"조나단."

"말하라, 이안."

"어떻게든 한 놈 어그로만 맡아 줄 수 있겠어?"

"후우…… 글쎄."

"딜을 넣을 필요도 없어. 그냥 어그로만 확실히 유지해 주면 돼."

"뭐, 그 정도라면 어떻게 할 수 있을지도……."

이안의 전략은 단순했다.

어떻게든 조나단이 보스 하나의 어그로만 맡아 주면, 한 놈씩 차례로 빈사 상태로 만든 뒤 동시에 처치해 버릴 계획이었던 것이다.

만약 하나를 먼저 죽여서 나머지 하나가 버프를 받는다면 그대로 전멸해 버릴 테지만.

거의 동시에 두 녀석 모두를 잡을 수 있다면, 충분히 승산이 있다고 생각했으니 말이다.

'일단 호랑이 놈 먼저 잡아 봐야겠어. 레벨은 두 녀석이 같은 것 같고…….'

콰앙-!

기계 호랑이의 공격을 깔끔하게 피해 낸 이안이, 녀석의 머리 위에 떠올라 있는 시스템 박스를 한번 확인하였다.

−기계 세카토르(전설)/Lv.141(초월)

그리고 뭔가를 발견했는지, 두 눈이 살짝 확대되었다.

'어, 뭔가 익숙한 이름인데…….'

초월 레벨은 지금까지 상대했던 보스들과 비슷한 수준이 었지만, '세카토르'라는 이름이 어쩐지 낯익었던 것이다.

이어서 그 낯익음에 대해 생각해 본 이안은 금세 그 이유를 깨달을 수 있었다.

'아, 그러고 보니, 하르가 말했던 호랑이의 이름이 세카토르였잖아?'

할리가 폭풍 가르기를 배우게 하기 위해, 하르가의 벌꿀 퀘스트를 진행했던 그때.

녀석이 '세카토르'라는 친구(?)를 언급했던 적이 있었던 것이다.

'흐음…… 어떤 연관성인지는 모르겠지만, 이유 없이 이름이 같을 리는 없을 텐데.'

물론 이 사실 하나만으로 얻어 낼 수 있는 정보는, 그다지 많지 않았다.

단지 이 요새의 문지기 기계 괴수들이, 실존하는 몬스터를 베이스로 제작되었을 것이라는 정도?

하지만 작은 정보 하나도 가벼이 여기지 않는 이안에게, 이것은 무척이나 흥미로운 사실이었다.

'혹시 지르딘이라면 뭔가 알고 있지 않을까? 그에게 이것도 한번 물어봐야 하나……?'

하지만 이안의 그러한 생각은, 그리 길게 이어질 수 없었다.

쾅- 퍼퍼펑-!

기계 세카토르의 앞발이 휘둘러진 순간, 어마어마한 위력의 섬전들이 밀실 전체를 초토화시켰으니 말이었다.

'크……! 일단 살아남아야 물어볼 수도 있겠지?'

하여 이안은 다시 전투에 집중하기 시작하였다.

지금 이안의 머릿속에 가득 들어차 있는 모든 계획들은, 전부 이 전투에서 승리했을 때 가능한 시나리오였으니 말이었다.

"자, 고철 덩어리…… 누가 이기나 한번 해보자고."

to be continued

200평 초대형 24시 만화방

수면실
(침대식) — 사우나석

다인석 — 샤워실

세탁기 — 신간100%

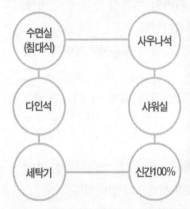

📖 수원 인계동점

● 나혜석거리   ● 농협

● CGV   ● 수원시청역⑧

무비 사거리

소주한잔
건물
24시 만화방 3F   ● 홍콩반점   ● 홈플러스

TEL : 031-226-3771
수원시 팔달구 인계동 1041-11 3층 24시 만화방

📖 의정부점

의정부역④
⑤   흥선지하도

◀서울방향

진성약국   ● 던킨도넛츠

24시 만화방 3F

TEL : 031-856-3971
경기도 의정부시 의정부동 197-13 3층

📖 주안점

주안
남부역

◀제물포   민병철
어학원   간석동▶

●
25시 만화방 6F

TEL : 032-426-2871
인천광역시 주안남부역 지하상가 4번 출구 GS25시 건물 6층

📖 안양점

● 안양역   육
교

◀관악역   명학역▶

● 농협
24시 만화방 2F
안양일번가

TEL : 031-466-3771
경기도 안양시 안양동 674-163 죠이당구장건물 2층

황룡의 비상

이윤규 대체역사 소설

퍼펙트 라이프

진유호 현대 판타지 장편소설

> **완벽하게 망가졌던 이 남자, 완벽해져 돌아왔다?**
> **꼴찌 가장 진동수, 인생의 행복을 붙잡아라!**
>
> 실패한 사업가, 무능한 사원, 가족들에게 무시받는 가장,
> 그리고…… 담도암 말기
> 오열하는 모습까지 SNS에 퍼져 전 국민의 비웃음거리가 되고
> 실패로 점철된 인생이 나락으로 치달은 그 순간,
> 벼락 한 방에 모든 게 뒤바뀌었다!
>
> 사라진 암세포, 강철 체력, 명석해진 두뇌
> 밑바닥 인생 진동수에게 남은 일은 이제 성공뿐!
> 그런데 이 능력……
> 혼자만 잘 먹고 잘 살라는 건 아닌 것 같다?
> 눈앞의 붉은 선을 따라가면 위험에 빠진 사람들이!
>
> **나의 행복도, 남의 안전도 놓치지 않는다!**
> **화랑천 올보남의 국민 영웅 등극기!**